ララ〜
ララ〜ラ ラララ〜
ラララ〜ラ〜ラララ

Happy Xmas
U.A school 1-A

U.A
0002

MY HERO ACADEMIA

僕《ぼく》のヒーローアカデミア

雄英白書

祝

雄英地下迷宮

堀越耕平《ほりこしこうへい》　誉司《よし》アンリ

JUMP j BOOKS

雄《ゆう》英《えい》高《こう》校《こう》生《せい》徒《と》名《めい》簿《ぼ》

ヒーロー科《か》：1年《ねん》A《エー》組《くみ》

飯《いい》田《だ》 天《てん》哉《や》
誕生日《たんじょうび》：8月《がつ》22日《にち》
個性：エンジン

轟《とどろき》 焦《しょう》凍《と》
誕生日《たんじょうび》：1月《がち》11日《にち》
個性《こせい》：半冷半燃《はんれいはんねん》

爆《ばく》豪《ごう》 勝《かつ》己《き》
誕生日《たんじょうび》：4月《がつ》20日《か》
個性《こせい》：爆破《ばくは》

緑《みどり》谷《や》 出《いず》久《く》
誕生日《たんじょうび》：7月《がつ》15日《にち》
個性《こせい》：ワン・フォー・オール

八《や》百《お》万《よろず》 百《もも》
誕生日《たんじょうび》：9月《がつ》23日《にち》
個性《こせい》：創造《そうぞう》

麗《うらら》日《か》 お茶《ちゃ》子《こ》
誕生日《たんじょうび》：12月《がつ》27日《にち》
個性《こせい》：無重力《ゼログラビティ》

峰《みね》田《た》 実《みのる》
誕生日《たんじょうび》：10月《がつ》8日《か》
個性《こせい》：もぎもぎ

常《とこ》闇《やみ》 踏《ふみ》陰《かげ》
誕生日《たんじょうび》：10月《がつ》30日《にち》
個性《こせい》：黒影《ダークシャドウ》

尾《お》白《じろ》 猿《ましら》夫《お》
誕生日《たんじょうび》：5月《がつ》28日《にち》
個性《こせい》：尻尾《しっぽ》

芦《あし》戸《ど》 三《み》奈《な》
誕生日《たんじょうび》：7月《がつ》30日《にち》
個性《こせい》：酸《さん》

青《あお》山《やま》 優《ゆう》雅《が》
誕生日《たんじょうび》：5月《がつ》30日《にち》
個性《こせい》：ネビルレーザー

蛙《あ》吹《すい》 梅《つ》雨《ゆ》
誕生日《たんじょうび》：2月《がつ》12日《にち》
個性《こせい》：蛙《かえる》

砂《さ》藤《とう》 力《りき》道《どう》
誕生日《たんじょうび》：6月《がつ》19日《にち》
個性《こせい》：シュガードープ

口《こう》田《だ》 甲《こう》司《じ》
誕生日《たんじょうび》：2月《がつ》1日《たち》
個性《こせい》：生《い》き物《もの》ボイス

切《きり》島《しま》 鋭《えい》児《じ》郎《ろう》
誕生日《たんじょうび》：10月《がつ》16日《にち》
個性《こせい》：硬化《こうか》

上《かみ》鳴《なり》 電《でん》気《き》
誕生日《たんじょうび》：6月《がつ》29日《にち》
個性《こせい》：帯電《たいでん》

CHARACTER

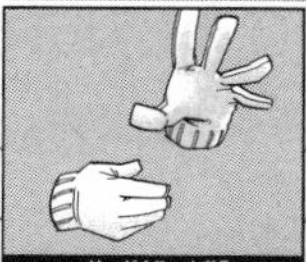

葉隠《はがくれ》 透《とおる》
誕生日《たんじょうび》：6月《がつ》16日《にち》
個性《こせい》：透明化《とうめいか》

瀬呂《せろ》 範太《はんた》
誕生日《たんじょうび》：7月《がつ》28日《にち》
個性《こせい》：テープ

耳郎《じろう》 響香《きょうか》
誕生日《たんじょうび》：8月《がつ》1日《たち》
個性《こせい》：イヤホンジャック

障子《しょうじ》 目蔵《めぞう》
誕生日《たんじょうび》：2月《がつ》15日《にち》
個性《こせい》：複製腕《ふくせいわん》

ヒーロー科《か》：1年《ねん》B《ビー》組《くみ》

塩崎《しおざき》 茨《いばら》
誕生日《たんじょうび》：9月《がつ》8日《か》
個性《こせい》：ツル

鉄哲《てつてつ》 徹鐵《てつてつ》
誕生日《たんじょうび》：10月《がつ》16日《にち》
個性《こせい》：スティール

物間《ものま》 寧人《ねいと》
誕生日《たんじょうび》：5月《がつ》13日《にち》
個性《こせい》：コピー

拳藤《けんどう》 一佳《いっか》
誕生日《たんじょうび》：9月《がつ》9日《か》
個性《こせい》：大拳《たいけん》

小森《こもり》 希乃子《きのこ》
誕生日《たんじょうび》：12月《がつ》2日《か》
個性《こせい》：キノコ

角取《つのとり》 ポニー
誕生日《たんじょうび》：4月《がつ》21日《にち》
個性《こせい》：角砲《ホーンホウ》

取蔭《とかげ》 切奈《せつな》
誕生日《たんじょうび》：10月《がつ》13日《にち》
個性《こせい》：トカゲのしっぽ切《き》り

庄田《しょうだ》 二連撃《にれんげき》
誕生日《たんじょうび》：2月《がつ》2日《か》
個性《こせい》：ツインインパクト

ヒーロー科《か》：教員《きょういん》

13号《ごう》
誕生日《たんじょうび》：2月《がつ》3日《か》
個性《こせい》：ブラックホール

プレゼント・マイク
誕生日《たんじょうび》：7月《がつ》7日《か》
個性《こせい》：ヴォイス

ミッドナイト
誕生日《たんじょうび》：3月《がつ》9日《か》
個性《こせい》：眠《ねむ》り香《が》

相澤《あいざわ》 消太《しょうた》
誕生日《たんじょうび》：11月《がつ》8日《か》
個性《こせい》：抹消《まっしょう》

MY HERO ACADEMIA
僕《ぼく》のヒーローアカデミア
雄英白書
祝

雄英
地下迷宮

コンテンツ

CONTENTS

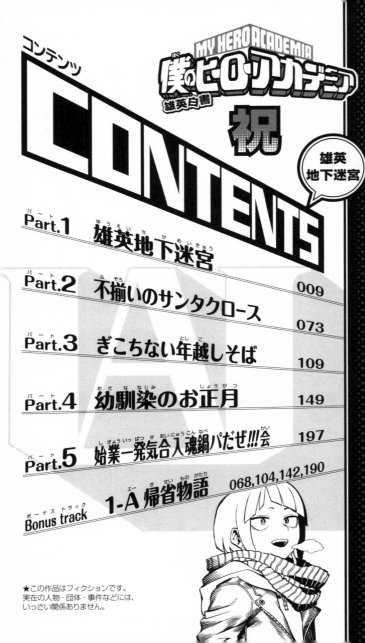

Part《パート》.1

雄英地下迷宮

年末の冬の空気は冷たく乾いていて能動的な活動には向かない。動物の本能が休めといっているこの季節に、人間だけはいろいろ用事に追われている。例《たと》えば、年末の一大行事、大掃除《おおそうじ》だ。

文化祭も無事終わってまもなく、エンデヴァーが正式にナンバー1《ワン》の座についた。当初は平和の象徴《しょうちょう》オールマイトと比《くら》べられ、世間《せけん》の評判は芳《かんば》しくなかったが、ナンバー2《ツー》ヒーローであるホークスからの要請《ようせい》を受け赴《おもむ》いた博多《はかた》でのハイエンドとの死闘を経《へ》て、世間の風向きが象徴の不在への不安からエンデヴァーへの応援に徐々に変わってきていた。しかし、そのハイエンドとの遭遇《そうぐう》は、公安《こうあん》からの命令で秘密裏《ひみつり》に敵連合《ヴィランれんごう》に接触を試《こころ》みていたホークスによるものだった。

A組とB組が合同戦闘訓練に励《はげ》んでいた頃《ころ》、異能《いのう》解放軍が敵《ヴィラン》連合の傘下《さんか》につき、超常《ちょうじょう》解放戦線《かいほうせんせん》と名を改め、死柄木《しがらき》弔《とむら》がさらなる力を得て世間の壊滅《かいめつ》を画策《かくさく》しているのを知った公安が、超常解放戦線を全滅させるべくプロヒーロー、そしてまだ仮であるヒーローの卵たちも数に入れた総攻撃を仕掛けようとしていることは、まだごく一部にしか知らされてはいない。

雄英高校《ゆうえい》でもそれを知る人はなく、生徒たちは大掃除に勤《いそ》しんでいる。もちろん、寮内の自室は各自でやらなければならない。部屋は個人の性格が顕著《けんちょ》に表れるパーソナルスペースだ。空間は清潔であるほうが体にも精神的にもいい。だが、掃除をしなくても気にならない者もいる。故《ゆえ》に日常の掃除の頻度《ひんど》にも個人差が出てしまう。毎日掃除する者、二、三日に一回の者、週一ペースの者もいれば、月一ペース、なかには入寮してきてから一度もしていない強者《つわもの》もいた。日々清潔な空間を心がけている者は、すでに掃除を終えていた。

1年A組委員長、飯田《いいだ》天哉《てんや》もそのなかの一人である。

「読み終わった本はこれで全部だな」

そう言って、飯田は紐《ひも》で一括《ひとくく》りにした本の束《たば》を段ボールの箱に詰《つ》め、一仕事終わったと笑顔を浮かべた。日々清潔を心がけ掃除をしていたが、やはりふだん後回しになってしまう机や本棚やベッドの裏、ベランダの排水溝《はいすいこう》なども掃除してキレイになった部屋を眺《なが》めると清々《すがすが》しい気持ちになった。

あとは、このまとめた本を実家に送る手続きをしに行けばいいだけだ。読んでいない本も残り少ない。そのうち、母親に言って実家に置いてある未読の本を送ってもらおう。そんなことを考えながら段ボール箱を抱《かか》えて、飯田が部屋を出る。すると隣の尾白《おじろ》猿夫《ましらお》の部屋から声がした。

「うわっ、やっちゃった」

「どうかしたかい？」

飯田が開けっぱなしのドアから中を覗《のぞ》くと、雑巾《ぞうきん》がけをしていたらしい尾白が濡《ぬ》れた尻尾《しっぽ》を見て困ったように眉尻《まゆじり》を下げていた。

「雑巾がけのバケツにつけちゃった……」

「それは大変だ。今、タオルを」

「あ、いや大丈夫。あとで雑巾洗うついでに洗面所で洗ってくるよ」

尻尾の先を雑巾のように絞《しぼ》り再《ふたた》び掃除に励む尾白を好ましく見て、飯田は一階に向かうべく廊下を進む。だが隣の上鳴電気《かみなりでんき》の開けっ放しのドアから軽快な音楽とともに「ホエー」など感心するような声が聞こえてきた。覗くと、上鳴は掃除をほったらかしにして雑誌を見ている。

「上鳴くん、掃除は進んでいるのか？」

「してるしてる！　でも今、雑誌の仕分けしてたらさー、こんなのみつけちゃって」

上鳴が見せてきた雑誌のページには、洗濯ヒーロー・ウォッシュと具足《ぐそく》ヒーロー・ヨロイムシャの対談記事が載《の》っていた。ウォッシュの文面は「ワシャシャシャシャ」ばかりが並んでいるが、ヨロイムシャはちゃんと意をくみ取って会話が成《な》り立《た》っていた。

「文字多くて読んでなかったんだけど、改《あらた》めて読んだら意外とためになる話しててさー。あ、飯田も読む？」

　飯田も対談の内容が気になったが、今はそれ以上に気になることを口にする。

「そのまえに上鳴くん、掃除の途中なのではないのか？」

「まず中身見てからじゃないと、捨てんのと取っとくの仕分けらんないじゃん」

「そういうのは、パッパッと仕分けていかねば終わらないぞ！　あぁまだこんなに雑誌があるじゃないか。ム？　部屋の隅《すみ》に埃《ほこり》がたまっている……おや、スケートボードの上にも埃がつもっているじゃないか！　もしや……ベランダ掃除もまだじゃないか？」

「えー？　ベランダはべつに掃除しなくてもいいっしょ」

「飛んできた枯れ葉が排水溝にたまったら、大雨のときの排水がうまくいかなくなってしまうかもしれないぞ！」

「マジで？　でも排水溝ってどうやって掃除すればいいの？」

　まずゴミを取《と》り除《のぞ》き……と説明しようとした飯田が部屋の様子《ようす》を見て察知した。

（しかし、部屋の掃除も終わっていないのにベランダまで手は回らないのではないか？

……ならば、俺が――）

自分の部屋の掃除も終わっているし、上鳴の掃除の手伝いを申し出ようとした飯田だったが、ハッとする。

（掃除も自己鍛錬《たんれん》の一部……！　俺が手伝っては、上鳴くんのためにならない！）

仲間の鍛錬の機会を奪《うば》ってしまうところだったと、飯田は思い直し上鳴に向き直る。

「俺の部屋にベランダ掃除の道具があるから、それを使うといい」

「え、いいの？　ありがとなー」

無邪気《むじゃき》にお礼を言う上鳴に笑顔で応《こた》え、飯田は部屋をあとにした。

（もし今日中に終わらないようであれば、明日《あした》、手伝おう）

なんやかんやクラスメイトを放っておけない委員長だった。


飯田がエレベーターで三階から一階に向かった頃、二階の緑谷出久《みどりやいずく》は部屋に飾っているオールマイトフィギュアを慈《いつく》しむように拭《ふ》いていた。オールマイトは敬愛する師匠《ししょう》でもあるが、同時に大ファンでもある。オールマイトのことなら何でも知っていたい。常《つね》にグッズを愛《め》でていたい。いや、むしろグッズに埋《う》もれていたい。しかし、傷一つつけることは許さない。それが手の施《ほどこ》しようがないほどの重度のファン、オタクというものだ。出久の毎年の大掃除の仕上げはオールマイトグッズを丁寧《ていねい》に拭くのが恒例《こうれい》行事だった。愛でながら掃除するのは至福《しふく》の時間でもある。いつも見守ってくれているオールマイトフィギュアに励まされたり癒《いや》されたことは数えきれない。

（いつもありがとうございます）

フィギュアだけではなく、本人に向けて出久は心のなかでお礼を言いながら笑《え》みを浮かべた。

「緑谷」

突然声をかけられ、振り向くと轟《とどろき》 焦凍《しょうと》が開いたドアから顔を覗かせていた。

「どうしたの、轟くん」

「シャーペン落ちてた。お前のじゃねえか？」

「あ、ほんとだ。こないだ英語教えてもらったときに落としたのかな。わざわざありがとう。掃除、もう終わったの？」

「あぁ」と短く応えてから、轟はじっとあたりを見回して言った。

「改めて見ると、いっぱいあるな。オールマイト」

わずかに感心したような声色《こわいろ》に、出久は褒《ほ》められたような気持ちになって「そうかな」

と少し照れたように頭を掻《か》く。

「……俺も一体くらい飾ってみてえな」

轟のなにげないその一言《ひとこと》に、出久の目がギラリンッと反応した。

「えっ、飾る⁉　それならオススメのがあるよ‼」

そう言って出久は矢のようにクローゼットへ向かうと、箱入りのフィギュアを取り出してきて轟に鼻息荒く説明しはじめた。オタクはオタクを増《ふ》やそうとする特性があり、またそれを喜ぶ生き物である。推《お》しの素晴らしさを少しでも知ってもらいたいという愛から発《はっ》露《ろ》する純粋な欲望だ。

「これはねゴールデンエイジの初期に出たものなんだけど、なんと数量限定のレア物なんだよ！　ほら見て！　この自信に満ちた表情！　眉毛《まゆげ》の角度に眉間《みけん》の幅！　見ているだけでこっちまで笑顔になっちゃうオールマイトスマイル！　この歯の色も輝きを再現するために配合された新しい塗料が使われているんだよ！　ほら動かすとキラキラするでしょ⁉　細部までこだわった筋肉のライン！　一撃で敵《ヴイラン》をフッ飛ばす力強さがわかるよね！　それに髪の毛とマントの自然な揺れ具合！　指先の形までこだわってるんだ！　スーツの色も完全再現してあるし、今にも敵《ヴイラン》に向かって動きだしそうな躍動感《やくどう》があるよね！　これを作ってくれた人の愛情がバシバシ伝わってくるでしょ？　ここまでちゃんと作ってくださって本当にありがとうございますってお礼を言いに行きたいよ！　ファンの間でもこのフィギュアは垂涎《すいぜん》ものなんだ！　これはどうかな⁉」

息継《いきつ》ぎもせず一気にまくし立てた出久に、轟は少し考えて口を開く。

「なんで自分の部屋で飾んねえんだ？」

「飾りたいけど飾りたくないっていうか。レア物だからそっと大事にとっておいて、こっそり眺めたいっていうか」

「なら」

なおさら自分が飾るわけにはいかないと轟が続けようとするが、その先を察した出久が言葉を遮《さえぎ》る。

「あっ、それは大丈夫！　なぜなら、なんと……同じものが二つあるんだ！」

ジャーンと言わんばかりに再びクローゼットから同じフィギュアを取り出してきた。

「実はね、お母さんも僕が買ったの知らずにほかの店で並んで買ってたんだ。誕生日プレゼントにって。だからよけい飾るのがもったいなくてさ。でもせっかく二つあるのにってずっと思ってたから、よかったら飾って」

そうはにかんで差し出したフィギュアを見て、轟はわずかに思案して首を振った。

「うっかり落として壊しちまうかもしれねえからやめとく」

「そっか〜」

少し残念そうな出久に、轟は言った。

「見たくなったら見に来ていいか」

「もちろん！」

全開の笑みで快諾《かいだく》した出久に轟も表情をやわらかくしたそのとき、後ろのドアから明るい声がした。

「ヘイ！　どうせ見るなら、僕のキラキラライト貸してあげる☆」

話が聞こえていたらしい隣の部屋の青山優雅《あおやまゆうが》が、手にしていた眩《まばゆ》い照明器具をオールマイトフィギュアに向ける。光り輝くオールマイトフィギュアに、出久の大きな目がさらに大きく輝いた。

「……光り輝くオールマイト……!!　すごいよ、青山くん!!」

「おお、すげえな」

轟も乏《とぼ》しい表情ながら感嘆《かんたん》したそのとき、青山の後ろから欲望にまみれた声がした。

「おい青山、オイラのレア物も照らしてくれや……」

欲望の権化《ごんげ》・峰田実《みねたみのる》が、持っていた卑猥《ひわい》な雑誌のページに照明を当てようとズンズン近づいてくる。そのページの内容に気づいた出久が「だ、ダメだよ、峰田くん……！　そんな雑誌……！」と真《ま》っ赤《か》になって顔を背《そむ》けた。

「うるせえっ、光に当てたら中身が見えるかもしれねえだろうが！ モロ出しもいい……もちろんいい……。だが、隠されているからこそ見たいと燃えるのが想像力！ 音楽が配信になってもレコードが残っているように、紙の媒体《ばいたい》のアナログな女体《にょたい》の写真だからこそ宿るエロスがあるんだよ……！」

そう言いながら峰田がギラギラした顔で雑誌とともに照明に接近する。そのあまりの迫力に「オウ……！」と青山がドン引き青ざめているのもかまわず峰田の目が雑誌にくっつきそうになった瞬間、照明の熱で雑誌が発火した。

「うおっ!? 目が、目がぁ～!!」

間近《まぢか》で炎に目をやられそうになった峰田が転《ころ》げまわっているうちに、轟が雑誌に向けて氷結《ひょうけつ》を繰《く》り出《だ》す。

「大丈夫か、峰田」

「ヤケドしてない!?」

駆け寄る出久たちに、峰田がなんとか起き上がる。火に驚いただけでなんとか無事だった。「あービックリしたぜ……」と安堵《あんど》する峰田だったが、燃えて氷結された雑誌を見て豹変《ひょうへん》する。

「あああ!!　オイラのレア物が〜!!!」


「今、誰かの叫び声がしたか？」

三階から一階へとやってきた飯田は、エレベーター前で一緒《いっしょ》になった口田《こうだ》甲司《こうじ》に話しかける。「ううん」というように首を横に振る口田の手には、黒いビニール袋がある。中身は部屋で一緒に暮らしているウサギの結《ゆわい》ちゃんのトイレ砂《ずな》などだ。動物を飼うからこそ、口田も部屋は毎日掃除している。

口田に「そうか」と応えて飯田が、みんなの掃除の様子を委員長として見て回らねばなどと思っていると、玄関先で何かを引きずっている切島《きりしま》鋭児郎《えいじろう》が見えた。

「どうしたんだ、切島くん」

「壊れちまったサンドバッグをゴミ置き場に持ってこうかと思ってよ」

笑顔で息を切らしながら答えた切島が引きずっていたのは、軽く一〇〇キロ以上ありそうなサンドバッグとその支柱だった。支柱は折れ曲がって使いものになりそうにない。

「どうすればこんなに曲がってしまうんだ!?」

「トレーニングしてたらつい熱が入っちまって」

切島が残念そうに頭を掻く。飯田と口田は目を丸くする。いくら熱中していたとしても、丈夫な支柱はそう簡単に曲がらない。飯田は、それほど熱心に鍛《きた》えていたのだろうと感心したように言った。

「部屋でもトレーニングとはさすがだな！」

「筋肉と努力はウソつかねえからな！」

「しかし残念だな。壊れてしまってはトレーニングできないだろう？」

「大丈夫だ！　ネットショップにはなんでもあってすぐ届くんだ」

ニカッと笑って、切島は再びサンドバッグと支柱を引きずって歩きだした。重いものを引きずって踏《ふ》ん張《ば》る足取りを見て、飯田は「手伝うよ」と持っていた段ボール箱を床に置いて駆け寄り、サンドバッグを持った。

「え、いいのか？　でもどっか行く途中だったんじゃ」

「あとで大丈夫さ。そのほうが早い」

「僕、反対側持つよ」

口田もビニール袋を肩に担《かつ》ぎながら、支柱の端《はし》を持つ。きょとんとしていた切島が言った。

「ワリィ！　ありがとな」

「こういうときはお互い様さ」

そうして三人でゴミ置き場へと向かうことになった。

「切島くん、掃除は進んでいるのかい？」

「おう……って言いてぇとこだけど、細《こま》かいとこがなー。爆豪《ばくごう》んとこなんか隅っこまで拭いてたぜ」

「爆豪くんはあぁ見えてキッチリしているからな。緑谷くんと謹慎《きんしん》になったときも、細かいところまで掃除していた」

どんよりした冬空の下、他愛《たわい》のない話をしながら歩いていく。ほんのり白い息をおもしろがったり、通りがかった敷地内に住み着いている猫に挨拶《あいさつ》したり、効率《こうりつ》的なトレーニングの仕方から、授業の内容、相澤《あいざわ》先生の機嫌《きげん》の見分け方、晩御飯のメニューの話まで話していると、口田が「あれ？」と気づいたような声をあげる。その声につられて前を見ると、大きな紙袋を持った常闇踏陰《とこやみふみかげ》がやってきた。飯田たちもゴミを捨てにきたのだと察すると、常闇が言った。

「いつものゴミ置き場ならいっぱいだぞ」

聞けば、常闇も一足早くゴミを捨てにきたのだが、この大掃除のためすでに置き場所がなく、臨時のゴミ捨て場に持っていくところだという。

「ここが臨時のゴミ捨て場らしい」

そう言って常闇が携帯電話の画面に表示されている地図を飯田たちに見せる。それは少し離れた森林地区の近くにあった。携帯でいっせいに情報が送られていたが、飯田も口田も切島もすぐ戻るから携帯を持ってきていなかった。飯田が小さく頷《うなず》いて言った。

「常闇くんに会って助かったな」

そうして四人で臨時のゴミ捨て場に向かう。黒影《ダークシャドウ》もサンドバッグの端を持ってまた他愛のない会話をしながら歩いていたその途中に、少し離れたベンチで一人缶コーヒーを飲んでいるパワーローダーがいた。座っているベンチの横には食べ終えたらしいカップラーメンがある。飯田たちが挨拶するとぎこちなく手をあげて応え、教員寮のほうへ戻っていった。今日は先生たちも大掃除をしているのだ。

「寒いのに、どうして外で食べていたんだろう？」

「気分転換じゃねーか？」

首をかしげる飯田に切島が答える。「なるほど」と飯田が納得したところで、常闇が少し神妙に切り出した。

「最近夜、小さな地震が多くないか？」

その言葉に、口田がハッとしてウンウンと頷く。飯田は切島と顔を見合わせた。

「全然気がつかなかった。夜は早めに寝ることにしているからな」

「俺も。トレーニングしたらすぐ風呂入って寝ちまうし」

そんな二人に常闇は「そうか」と応えて怪訝《けげん》な顔をする。

「妙なんだ。地震かと思い、何か情報があるかと携帯を見るが、どこにも地震は起きていない」

「気のせいでは？」

「最初はそう思った。けれど、そんなことが十数回も続いていると気のせいとはとても思えない……」

真剣な常闇の様子に、飯田は口田にも確認する。すると口田はおずおずと口を開いた。

「耳郎《じろう》さんが言ってたんだ。地震が起きると、同時にヘンな音がするって。何か壊してるような、削《けず》ってるような音だって……」

耳郎響香《きょうか》の〝個性〟はイヤホンジャック。小さな音を聞き取れるのだ。索敵《さくてき》能力に優《すぐ》れた耳郎の証言は真実味がある。

「いったいどういうことだ……？」

現実にそんな現象が起きているとはいえ、それが自然現象なのか何なのかわからない。

妙な胸騒ぎに飯田が眉をひそめていると、後ろからガチャガチャという音が近づいてきた。

「みんなもゴミ捨てか」

やってきたのは、たくさんのゴミらしきものが入っている段ボール箱を〝個性〟の複製《ふくせい》腕《わん》でいくつも抱えた障子目蔵《しょうじめぞう》だった。物を持たないミニマリストの障子がたくさんのゴミを抱えていることを不思議に思う飯田たちの視線に障子が答える。

部屋の掃除がすぐ終わってしまったため、風呂場や台所を掃除した。だがそれも終わってしまいどうしようかと思っていたところへ、女子たちがたくさんのゴミを捨てに行こうとしていた。まだ部屋の掃除の途中だというので代わりに捨てに来たという。

五人で再び歩きだしながら、障子にも地震や音のことを訊《き》くと、深く頷く。

「気にはなっていた。しかし本当に小さな音で、出所《でどころ》がつかめなかった」

複製腕に目や耳を複製できる障子もまた索敵能力が高い。障子と耳郎をもってしても正体がつかめないとなると、看過《かんか》してはならない何かが起こっている可能性が高い。

「……何が起こっているのかはわからないが、とりあえず相澤先生に報告しておいたほうがいいだろう。ゴミを捨てたら行ってくる」

しばらく歩き、森林地区近くの臨時ゴミ置き場に着いた。置かれているゴミはまだ少なかったが、それもすぐにいっぱいになってしまうだろうと、なるべく端に寄せてサンドバッグなどを置いた。障子も抱えていた段ボール箱を器用に降ろしていく。その一つの中身をふと見た常闇の目が蝙蝠《こうもり》型の置物のようなものに吸い寄せられた。

「それは……もしやバットボーイでは……⁉」

紙袋をその場に置き、少しあわてた様子で障子の段ボール箱からそれを取り出す。気づいた切島も「おお、懐《なつ》かしー」と目を輝かせた。

「バットボーイとは？」

わからずきょとんと訊く飯田に、切島が答える。

「ずいぶん前に流行《はや》った洋画だよ。コウモリを操《あやつ》って戦う少年ヒーロー、バットボーイ！ちょっとダークヒーローっぽいのがカッコよかったんだよなー。観《み》たことねえ？」

「すまない、エンターテインメントは疎《うと》いほうで」

「常闇、バットボーイ好きなのか」

「あぁ……漆黒《しっこく》のコウモリを従えて正義を実行する孤高の少年……憧《あこが》れた」

当時の感情が蘇《よみがえ》ったように熱っぽく語ったそのとき、常闇が置いた紙袋が倒れ、中身が出てしまった。破れた黒い服や幾何学模様《きかがくもよう》のタペストリーなどとともに出てきた一〇センチほどの水晶玉《すいしょうだま》が、コロコロと転がっていく。平坦《へいたん》に見える地面だが傾斜《けいしゃ》がついているらしい。

「……あっ、俺の暗黒夜水晶《ダークナイトクリスタル》が！」

常闇が気づいたときには、水晶玉は森のなかへ転がっていってしまった。あわてて追いかけていく常闇を見やりながら、飯田がふと湧《わ》いた疑問に首をかしげる。

「普通の透明な水晶に見えたが、なぜダークナイトなのだろう？」

そんな飯田に、切島は何も訊いてやるなと首を振る。

「それはまぁ、そういうアレなんだよ」

「そういうアレとは？」

「そういう名前をつけずにはいられねえ時期なんだよ……」

飯田にはいまいちよくわからなかったが、そういう時期なのかと納得した。ちなみに、そういう中二的な時期でもあるが、常闇が憧れのヒーロー・ダーククリスタルにインスパイアされて付けた名前でもある。

そんなみんなの頭上をカラスが鳴きながら通り過ぎていった。

「……どうしたんだろう？」

常闇がなかなか戻ってこないのに気づいて、口田が少し心配そうに森のなかに視線を向ける。長い時間でもなかったが、物を拾ってくるだけにしては遅すぎる。

「水晶が見当たらなくなったのかもしれないな」

障子の推測に、それならばみんなで探したほうがいいだろうと四人は常闇を探しに森のなかへ入っていく。すぐには常闇の姿が見えず飯田が声を張りあげた。

「常闇くーん！」

「こっちだ」

少し離れたところから聞こえてきた声を頼りに木々の間を抜けて進んでいくと、地面を凝視《ぎょうし》している常闇がいた。

「どうしたんだ？」

飯田の声に常闇は顔をあげ地面を指差した。

「暗黒夜《ダークナイト》……いや、転がった水晶がここで止まったんだが……なんだか地面が柔《やわ》らかい気が――」

「柔らかい？」

妙な言い回しを確かめようと飯田たちが常闇へと近づく。一歩踏み出し、確かに柔らかいと感じた直後、重量に耐《た》えきれなくなったように周囲の地面が大きな音とともに一気に崩《くず》れた。

「わあぁぁ!?」

「……イ……オイ！　みんな起キロー！」

「……ん？　黒影《ダークシャドウ》……うっ」

黒影《ダークシャドウ》の声に目を開けた飯田は上半身を起こそうとして、背中や腕に痛みを感じ思わず呻《うめ》いた。同時に周囲の暗さに気づき、痛みはさておき、ずれたメガネを直す。ついさっきまで森にいたはずが、周囲は岩に囲《かこ》まれた薄暗い空間になっていた。

（地面が突然崩れて……落下したのか）

どうやら気を失っていたらしいことに気づいて、飯田はハッと半身を起こした。

「みんなっ、無事か……!?」

乱雑に積み上げられた岩の上で、黒影《ダークシャドウ》が口田を起こしている。その近くで硬化《こうか》した切島が岩のなかから「うおっ、死ぬかと思った！」と飛び出してきた。近くにいた常闇も障子も目を覚《さ》ましたばかりなのか、体の痛みに呻きながら互いの存在に気づく。

それぞれ無事を確かめ合って束《つか》の間《ま》安堵した飯田は、改めて周囲をよく観察する。

天井はアーチ状の岩盤で、落下してきたはずの穴は崩れた岩で塞《ふさ》がれているようだった。

気を失っていたので何メートル落下したのかも見当がつかない。しかし、地面が崩れた原因は推測できた。相当の岩が雪崩《なだ》れ落ちて積もっているにもかかわらず、それを悠々《ゆうゆう》と飲みこんでなお空間があった。たぶん、この空洞《くうどう》のせいで地盤の崩落《ほうらく》が起きたのだ。

「ナァナァ！　こっち来てミロ！」

薄暗さに元気いっぱいの黒　影《ダークシャドウ》が岩の向こうを指差した。飯田たちは痛む体をおして立ち上がり、我《わ》が目を疑った。

「――ここは、何なんだ……？」

薄暗さに慣《な》れはじめた目に飛びこんできたのは、ほのかに燃えているような赤い光。一つではなく、点々とまるで誘う血の跡《あと》のようにずっと奥まで続いている。それはこの場所が人工的に作られたことを示していた。

飯田たちは一番手前の赤い光に近づく。見ると、それは簡素《かんそ》な裸電球のような照明だった。

「――ん？」

侵入者を知らせる警告音に気づいたデバイスの持ち主が、画面を操作しわずかに目を見開いた。

生徒たちは気づかない。訝《いぶか》しげに見上げている照明に自分たちの姿が撮《と》られていることなど。


赤い光でぼんやりと照らされた、この広い通路のような空間の幅はおよそ五メートルほどあった。高さはおよそ三メートルで大型車でも十分通れそうだ。奥は暗く、目を凝《こ》らしても突き当たりが見えなかった。しかも、同じような幅の横穴がいくつか空《あ》いているようだった。壁は遠目には滑《なめ》らかに見えるが、近づくと粗削《あらけず》りなのがわかる。

「雄英の地下にこんなものがあったとは……」

予想もしていなかった光景に唖然《あぜん》とする飯田たちだったが、切島がハッとひらめいたように言った。

「もしかして新しい施設《しせつ》とかか？」

「あぁ、なるほど」

それはあるかもしれないなと続けた障子に口田も同意するように頷く。

「それじゃ、ここ最近の小さな地震や障子たちが聞いた音も、これを作っていたからということか？」

「その可能性が高そうだ」

常闇に飯田が答えた。正体不明の空間に驚いたが、納得できる可能性に全員が安堵する。

「ソレジャ、探検しようぜ!!」

それまでウキウキキョロキョロと周囲を見回していた黒影《ダークシャドウ》の嬉々《きき》とした叫びに、飯田がブンブンと首を振る。

「ダメだ。現状、俺たちは遭難者《そうなんしゃ》なのだ。一刻《いっこく》も早く、ここを脱出——……そうだ、常闇くん！　携帯は使えるか!?」

忘れていたと常闇があわててポケットの携帯を取り出し、操作する。だが顔が曇《くも》った。

「ダメだ、電波が届いていない」

「……では、自力《じりき》で脱出するほかないな」

「そうだな」と言う障子と頷く口田の隣で、ちょっと冒険してみたくもなっていた切島と常闇が「……そうだな！」「……あぁ」と返事をした。

「チョットくらいいいダロー!!」

「施設ならそのうちまた来られるから我慢しろ」

黒影《ダークシャドウ》が一人駄々《だだ》をこねているのを常闇が制しているのを聞きながら、飯田が雪崩れ落ちた岩を見上げて思案する。

「ここを脱出する方法は二つある。穴をふさいでいる岩をどかすか……」

「もしくは空間のどこかにあるはずの地上へと続く道を探すか、だな」

飯田に続けた障子に、切島がどこまでも延びている空間を見回して言った。

「そっか。誰かが作ってるってことは、出入り口があるってことだもんな」

「あぁ。でも、それがどこにあるかわからない。この地下空間が、どれほどの広さなのかもな……」

「だから探検するんダロー！」

どちらがより確実に安全に脱出できるか。委員長として適切な判断をしなければと飯田が考えていたそのとき、空間の奥のほうからガシャンと甲高《かんだか》い音がした。

とっさにそちらを向いたみんなの目に見えたのは、こちらに向かってくる小さな何か。

赤い光に近づくにつれて浮かび上がったのはシンバルを持つ猿《さる》の玩具《おもちゃ》だった。

「なんだ……？」

違和感に顔を見合わせていたが、全員で猿の玩具に近づく。切島が一応手だけを硬化《こうか》させ、つついてみて何も起こらないとわかるとそっと持ち上げた。全員で覗きこむようにマジマジと見るが、それは何の変哲《へんてつ》もない玩具のように見えた。

「さっきまで何もなかったよなぁ？」

「暗くて見えなかったのかもしれない」

首をかしげる切島に障子が答える。飯田がそもそもの疑問を口にした。

「なぜこんなところに、こんなものが？」

だがそのとき。

――ガシャンガシャンガシャン!!

突然猿がシンバルを勢いよく連打した。

「うおっ!?」

切島が驚いて思わず手を放す。飯田たちもビクッとしてしまい、そのあとに訪《おとず》れた静寂《せいじゃく》のなか、大げさに反応してしまったなと恥ずかしさに笑みがもれた。しかし、猿の顔がグルリと回転し飯田たちを確認したように目が光ったかと思うや否《いな》や、口がパカッと開く。とたん、高エネルギーのようなビームが飯田たち目がけて発射される。

「なっ!?」

間近からの攻撃を全員辛《かろ》うじて避《よ》けた。だが自力で起き上がっていた猿は間髪《かんはつ》入れず攻撃を開始する。

「何だよ、アレ!?」

「俺が知るはずないだろう!?」

焦《あせ》る切島の問いかけに答えながら、飯田は攻撃を避けるべく足早に距離を取る。その間に常闇が叫んだ。

「黒影《ダークシャドウ》!」

「アイヨ!!」

その声に嬉々として猿に襲《おそ》いかかろうとする黒影《ダークシャドウ》。薄暗がりのおかげであまりまくっていたエネルギーがやっと発散できると牙《きば》を剝《む》くが、間近で猿のビームに目をやられてしまった。

「ギャン!」

泣き声のような悲鳴をあげて黒影《ダークシャドウ》はシュンッと常闇のなかに戻る。「黒影《ダークシャドウ》!」と心配する常闇。入れ替わりに切島と障子が猿を止めるべく駆けだした。硬化《こうか》した体でビームを受け止めながら近づき、止《とど》めを刺そうとするが逃げられてしまう。そこを障子が複数の腕で岩を投げ、大きめの岩を猿に命中させた。壊れたかとみんなが近づき覗きこんだとき、岩で半分潰《つぶ》れた猿の口がカクカクと動く。

「……イ……ノロイ……ノロイ……」

「のろい……? のろい……いや俺は鈍《のろ》くなどないぞ!」

「……呪《のろ》いと言ってるんじゃないか？　丑《うし》の刻参《こくまい》りなどの……」

勘違《かんちが》いした飯田に常闇が言う。「呪い……」と確認するように全員が呟《つぶや》くと、徐々にその猿までも不吉《ふきつ》で不気味に見えてくる。猿の口が再び言葉を紡《つむ》いだ。

「…………ノロイ……ノロ……」

明確な意味を感じると同時に、これを作ったであろう人物の悪意が染《し》みこんでいるような気がして、全員思わず唾《つば》を飲みこむ。笑い飛ばせるものなら笑い飛ばしてしまいたいが、あまりに薄暗い異世界のようなこの場所では、そうできない雰囲気にあっというまに飲みこまれてしまっていた。次の瞬間、猿の口が割れんばかりに大きく開く。

「ノロ……ワレロー!!!」

「ギャー!!」

飯田たちは突然のことに駆けだした。半身だけしか動かなくなった猿が宙を飛び、飯田たちを追ってくる。

「な、何なんだよ、アレ!!?」

「だから俺が知るわけないだろう!!?」

ただ攻撃してくる物体ならば壊してしまえばいい。だが、呪いという目に見えないものを纏《まと》ってしまった物体には得体《えたい》のしれない恐ろしさがある。壊したら呪われるかもしれないという本能のようなものが働き、危機回避能力が急激に高まるのだ。つまり、怖《こわ》い。

空間の奥へと駆けながら、飯田たちは驚いた。いくつかあるとしか思っていなかった横穴が、両側の壁に等間隔でずっと並んでいる。

叫びながら空間の奥へ進んでいく飯田たちの後ろから、半壊《はんかい》の猿がビームを発射してくる。見えない背後からの攻撃に避けるだけで精いっぱいだった。

「どうする、飯田!?」

「とにかく距離を取り、隙《すき》を見て――」

「飯田! 前!!」

障子の声に、横の切島のほうを向いていた飯田がハッと前から飛んでくる物体に気づく。同じような玩具の猿が数体、飛びながらビームを放ってきた。

「わぁ!?」

とっさに横穴に逃げこみ駆けていく。驚くことに、その通路のような横穴にもさらに横穴がいくつも並んでいた。飯田たちはその通路を必死に駆け抜けていく。だが狙《ねら》ってくるビームのあまりの多さに、避け続けるには限界があった。

「飯田、キリねえぞ!?」

切島の言葉に走りながら思案していた飯田が短く作戦を伝えた。

「切島くん、あの猿たちを奥へ引きつけてくれ！　俺たちは左右に潜《ひそ》んで――」

その言葉に障子と常闇が「承知」と頷き、飯田が右側の横穴に駆けこむのと同時に、二人が左側の横穴へ。切島はその間に硬化《こうか》してビームを受け止めながら、近づいてくる二、三体を拳《こぶし》でぶちのめす。そして「こっちだ、こらぁ！」と再び通路の奥へと進んでいく。

猿たちが通り過ぎた瞬間、飯田と障子と常闇がいっせいに飛び出し、背後から攻撃する。切島もそれに気づいて攻撃に転じ、前後から猿たちを撃墜《げきつい》した。

「ノロ……ノロイ……ノロイノロイノロ――」

「わぁぁ！」

断末魔のように再び同じ言葉を発しはじめた猿たちを、飯田たちは完全に破壊した。壊したら呪われるかもしれないという恐怖よりも、不吉な言葉を話す猿の玩具という、今そこにある恐怖のほうが勝ったのだ。とりあえずの危機回避にホッと息を吐《つ》く。

「本当、何なんだよ、コレ……」

「俺も知りたいさ……」

切島からの三度目の質問に、飯田も困ったように眉を寄せた。障子が常闇に尋《たず》ねる。

「黒影《ダークシャドウ》は大丈夫なのか？」

「あぁ……ダメージは受けたが少し休めば大丈夫だろう」

飯田も黒影《ダークシャドウ》の安否に「ならよかった」と安堵し、ふと違和感に気づいた。

「口田くんはどこだ？」

その言葉に切島たちも口田がいなくなっていることに気づき、名前を呼ぶ。だが、自分たちの声が反響するだけで返事はない。障子の複製した耳にも何も引っかからなかった。

「さっき、逃げたときにはぐれてしまったのか……」

とにかく周囲を探そうと元の通路をたどる。だが、落ちてきた場所の目印である崩落した岩も見当たらない。

「あれ？　たしかこっちだったよな？」

「いや、あっちじゃなかったか？」

「そっちの通路から来たと思っていたが」

それぞれ違う方向を指差す切島、障子、常闇。嫌《いや》な予感に全員の顔が歪《ゆが》んだ。

「まさか……俺たちも迷ってしまったのか……!?」

焦りが滲《にじ》んだ声で飯田が言う。さっき通路を逃げていたときに見た無数の横穴。それは、この空間の異様な広さと複雑さを表していた。常闇が飯田を見る。

「どうする、飯田」

「……とにかく、口田くんを探しつつ出口を探すほかないだろう」

「おい切島、コロコロ返せや……あ？」

　ほぼ部屋の掃除を終えた爆豪勝己《かつき》が、貸していた粘着クリーナーを返してもらおうと、隣の切島の部屋を訪れた。だが、本人は地下迷宮で遭難中である。

「サンドバッグ捨てにいくのに何時間かかってやがる」

　いつものように悪態をつき、勝手知ったる友人の部屋に入っていくと、掃除のため切島が借りていった粘着クリーナーが床に置きっぱなしにされているのをみつけた。手間かけさせやがってと舌打ちしながらそれを拾おうとすると、ベッドの下が目に入る。パッと見てわかるほど埃がたまっていた。

「どこを掃除しとんだ」

　なまじ何でもできてしまう才能マンの爆豪は、もちろん掃除も要領よくできた。ちょうどよく放り出されていた長い柄《え》の掃除器具でチャチャッと埃を拭《ぬぐ》い取る。フンと立ち上がった爆豪の目が次に捉《とら》えたのは、自分を鼓舞《こぶ》するために切島が部屋に貼《は》っている熱い文字の書かれた紙の近くの、破れて剝《は》がれかけている壁紙だった。

「……切島の部屋で何やってんだ？」

粘着クリーナーの替えがないか爆豪に訊きにきた瀬呂範太《せろはんた》が、切島の部屋で壁の補修をしている爆豪をみつけてきょとんと尋ねた。

「ヘンな紙張ってっから壁紙が剝がれてんだよ、見りゃわかんだろーが」

瀬呂が訊きたかったのは、爆豪がどうして切島の部屋の壁紙を補修しているのかということだったが、面倒《めんどう》くさそうにしながらも器用に手を動かしている様《さま》を見ていて推測する。なんでもきちんとこなす爆豪は切島の中途半端な掃除が気に入らなかったのだろう。

「……爆豪、お前、万が一ヒーローになれなかったら何でも屋が向いてるんじゃねえ？」

「あぁ!? 無量大数《むりょうたいすう》の一にもそんなことはねぇわ！」


爆豪が吠《ほ》えたその頃、切島たちは壁を凝視していた。

あれから口田を探しながら慎重《しんちょう》に通路を進んでいたが、進めば進むほど分岐《ぶんき》は増える一方で、わけがわからなくなりそうだった。そんなときに突如《とつじょ》、突き当りに出た。そして、その壁にさぁ押せとばかりに謎《なぞ》のボタンが備《そな》え付《つ》けられていた。

ボタンは不思議な魔力を持っている。ただの突起なのに、それを見たらなぜか押したくなってしまうのだ。

「……押すか？」

切島がみんなに、好奇心を隠しきれない顔で伺《うかが》う。飯田たちにも好奇心が浮かんでいたが、飯田はブンブンと首と手を振る。

「何のボタンかわからないだろう！　何か起こったらどうするんだ⁉」

「しかし、施設ならば危険を知らせるブザーの可能性もある。そうなれば今すぐにでも誰かが気づいてくれるかもしれない」

「……本当に雄英の施設なのか？」

常闇の言葉を神妙に聞いていた障子がみんなに疑問を投げかけた。慎重な声色は障子が思いつきで言いだしたのではないと告げていた。密《ひそ》かに同じように考えていた飯田も口を開く。

「俺も、疑問を感じていた。迷路施設での訓練は確かにあるかもしれない。だが、あの玩具の猿の意味がわからない。仮に敵《ヴィラン》を想定したものだとしても、未完成の施設になぜあんなものが？」

「施設じゃないとしたら……」

常闇の呟きに、「敵《ヴイラン》……」と飯田たちも思わず呟く。嫌な答えの一致に、全員の顔が曇った。切島はそれを吹き飛ばすように、ムリヤリ笑みを浮かべた。

「万が一、敵《ヴイラン》だとしてもこんな巨大なものバレずに作れるかよ？」

「俺だって敵《ヴイラン》とは考えたくない。けれど可能性は捨てきれない」

真剣な面持《おもも》ちで話し合っている最中、ダメージから復活した黒影《ダークシヤドウ》が常闇からそっと出てくる。あの間近で見たビームを警戒しながら、あたりをキョロキョロと見回す。常闇は当然黒影《ダークシヤドウ》が出たことに気づいていたが、真剣な話し合いの最中だったのであとで声をかけることにした。だが、それは間違いだった。

「なんだ、コレ？」

好奇心の赴くまま、黒影《ダークシヤドウ》が目に入ったボタンをなんの躊躇《ちゆうちよ》もなく押す。

「あー!!」

「黒影《ダークシヤドウ》！　なにをしてる!?」

どうしてみんなが騒いでいるのかときょとんとしている黒影《ダークシヤドウ》はさておき、飯田たちはハッとする。「落ち着け、みんな冷静に！」という飯田の近くで障子があたりを警戒しながら言った。

「もし敵《ヴイラン》だった場合……トラップを仕掛けているはずだが……」

「映画で見たことあるぜ。こういうとき、まず最初に来るのは大抵《たいてい》、落とし穴――」

切島の言葉に地面を見ると、わかりにくく細工《さいく》してあるような切れ目があった。

「みんな！　端に寄るんだっ！」

落とし穴を警戒し叫ぶ飯田。切島たちもバッと壁に背をつけるが……。

「……………？」

一向に穴の空《あ》かない地面を、全員が不思議そうに覗きこんだそのとき、飯田の後頭部にパラ……と何かが触れたような感覚がした。天井をふと見上げた瞬間、目に入ってきたのは崩れてくる天井だった。

「っ!!　みんな逃げろ!!」

「は？　……はぁぁ!?」

ズガンッ!!

二メートル四方の天井ブロックが落下してきたのを、間一髪《かんいっぱつ》で避けた面々だったが、息つく間もなく逃げた先で再び天井ブロックが続けざまに落下してきた。

「何なんだよ、これぇ!!?」

叫ぶ切島。だが天井ブロックは落ちる頻度《ひんど》を増して、最後尾《さいこうび》を走る障子の足を掠《かす》めてしまう。常闇が黒影《ダークシャドウ》に自分を抱えさせ、黒《くろ》の堕《だ》天使《てんし》で飛んだのを確認すると同時に飯田はわずかに速度を落とし、障子と切島の手を取った。

「切島くん、障子くん、行くぞ……！」

「うおっ……!?」

飯田が〝個性〟のエンジンを目いっぱい吹かせた猛スピードで、二人を引き連れ通路を駆け抜ける。落下するブロックはすでに後方で小さくなった。

「助かった……しかし速すぎるスピードだな……」

「風になったかと思ったぜ……」

十分距離をとったところで立ち止まり、息を切らす障子と切島に飯田は「すまない」と驚かせたことを謝《あやま》り、後方を振り返った。ブロックが落ちてくる音はしてこないのを確認すると、ホッと息をつく。

「とりあえず助かったが……やはりアレはトラップ発動のボタンで間違いないな」

「アレで終わりだといいが……」

「まだやりタイ！」

トラップをアスレチックのように感じたらしい黒影《ダークシャドウ》に小言を言おうと見上げた常闇が、岩天井に不似合いなモニターが設置されていることに気づく。

「何だ、アレは?」

次の瞬間、そのモニター画面に「10」と突然表示された。飯田たちもそれに気づく。表示は「9」、「8」と切り替わっていく。

「何のカウントダウンだ……?」

カウントダウンも人間の心理を不思議と操る現象の一つだ。警戒心、あるいは期待を高め、カウントダウンを見届けたくなってしまうのだ。飯田たちも見届けようとしつつ、警戒して距離を取るべく自然と後ずさっていく。あるエリアに全員が入った瞬間、パカッと地面が左右に割れた。

「うわあ~!?」

密かに待ちかまえていた落とし穴に飯田たちはまんまとハマり、落下していく。下に設置されていた滑《すべ》り台《だい》に落ちてなすすべなくただ滑るしかない。用意周到にも滑り台には油がたっぷりと塗《ぬ》られていたのだ。暗がりのなか、なんとか体勢を整《ととの》えようと藻掻《もが》けば藻掻くほど滑稽《こっけい》にお互いがからみ合ってしまう。

「飯田っ、エンジンでカンチョーされてるっ」

「すまないっ、今……イタッ! 後頭部に何かが突き刺さっているが!?」

「ホレのふふぃはしふぁ……!」

「俺のくちばしだ」と言いたい常闇の声は、くちばしに後頭部をグリグリされ「いだだだだっ」と叫ぶ飯田の声にかき消された。先を滑っていた障子の背中に、からまった切島、飯田、常闇が追いつきぶつかる。気づいた障子がからまったみんなをなんとか剝がそうとするが、滑ってうまくいかず、自分の手もからまってしまった。重量級の人間だんごは速さを増して油滑り台を勢いよく滑っていく。そして垂直かと思うほどの急下降に差しかかり、ツルポーンッと宙へ放り出される。

「うわーあああ!!?」

胃がふんわりと浮くなんともいえない感覚に襲われたあと、飯田たちは落下先に見えたものにギョッとした。そこにあったのは大きな鳥籠《とりかご》のような鉄格子《てつごうし》。上の部分だけが開いており、獲物《えもの》が中に入った瞬間に閉まる仕組みが見えた。このまま落ちたら確実に捕《つか》まる。しかしヌルヌルの体ではどうすることもできず全員が覚悟したそのとき、鉄格子に落ちる直前で体がふわりと浮いた。

「鳥籠キライダー!」

「黒影《ダークシャドウ》!!」

ムンッと全員を抱えて飛んだ黒影《ダークシャドウ》に、みんなの目が輝く。黒き救いの天使に見えた。

「よくやった、黒影《ダークシャドウ》!」

「もっと褒メロー！」

鉄格子を越え、少し飛んだ先にあった通路におりる。今まで進んできた通路とは少し違って横道などはなく、奥へ向かってやや下り坂になっていた。ぐったりと腰を下ろして四人は顔を見合わせる。

「手のこんだ罠《わな》の数々……明らかに侵入者《われわれ》を捕《と》らえる気満々だ。とても雄英の施設とは思えない」

「……密かに造《つく》られていた敵《ヴイラン》の巨大な罠かもな……」

「それなら……敵《ヴイラン》がこの中にいるかもしれねえじゃねえかっ」

「もうとっくに見張られているかもしれない……」

「……なんにしろ、我々の目的は変わらない。口田くんを探しつつ出口を探す。――そして、一刻も早く、この施設のことを先生に報告しなければ……！」

密かに雄英に迫《せま》っていた敵《ヴイラン》の手。それを知っているのは自分たちだけかもしれないと四人の胸に闘志の火が灯《とも》る。

「口田、大丈夫かな……。はぐれたとこからずいぶん離れちまったけど……」

「まさか、敵《ヴイラン》に捕まっているとか……？」

最悪の事態が頭をよぎる。飯田が焦りそうな自分を制して「急ごう」と立ち上がったそのとき、四人の背後でゴトンッ!! と大きな音がした。少し先に、通路の幅ギリギリの丸い大岩が落ちてくる。自然の摂理《せつり》で大岩はゆっくりと下りはじめた。

「ウソだろ……ウソだろー!? 映画じゃねえんだから!」

「これはれっきとした現実だぞ、切島くん!」

スピードの上がっていく大岩から逃げだす飯田たち。あっというまに坂道も傾斜が増していき、こういうときのお約束どおり、行先は行き止まりになっていた。逃げ場がないと覚悟した切島が立ち止まりバッと振り返り叫ぶ。

「俺が砕く!!」

ガキンッと硬化《こうか》した体で大岩に立ち向かう後ろ姿に、飯田たちも身がまえた。

「頼むぞ、切島くん! 後ろは任《まか》せろ!」

飯田の声を受けた切島が転がってきた大岩に拳を突き出し、フッ飛ばされそうな衝撃《しょうげき》にグッと耐える。バッと大岩にヒビが入った。亀裂《きれつ》はすぐさま広がり、大岩が真っ二つに割れ飛んでくる。待ちかまえていた飯田が足で、障子がオクトブローで岩を砕いた。しかし壁に当たった岩が常闇のほうに弾《はじ》かれる。不意の事で気づくのが遅れた常闇に岩が直撃しそうになったそのとき、飯田がその前に飛びこんだ。

「うぐっ」

SMASH
MY HERO ACADEMIA
僕のヒーローアカデミア

常闇をかばい、肩に岩が当たった飯田が思わず呻く。

「飯田っ」

ハッとして顔を歪める常闇。気づいた切島と障子も駆け寄ってきた。

「血ィ出てるじゃねえか」

「とりあえず、止血しよう」

障子が着ていた自分の服を破ろうとすると、飯田が自分のポケットからハンカチを取り出し「これで頼む」と傷口を止血してもらう。だが、すぐにじんわりと血が滲んできた。

「すまない……！」

ギュッと拳を握《にぎ》る常闇に飯田は痛みをこらえながら笑ってみせた。

「大したケガじゃない、気にしないでくれ。さぁ、グズグズしている暇はないぞ……うっ……」

飯田が痛みによろけたのを、とっさに常闇が助ける。だが傷口に触れてしまい、濡れた血の感触が常闇の手に伝わる。常闇は「すまないっ」と放した手をみつめた。

「俺のせいで……！」

ふだん、クールな振舞《ふるま》いを心がけている常闇だが、内実、仲間を想《おも》う心は熱い。林間合宿で敵《ヴィラン》連合に襲撃《しゅうげき》を受けた際、障子が自分を庇《かば》ってケガをしたときも自分の心が制御《せいぎょ》できなくなり黒影《ダークシャドウ》を暴走させてしまった。そして光より暗闇《くらやみ》が勝《まさ》っているこの特殊な状況下、常闇の心が激しく揺れる。反比例するように黒影《ダークシャドウ》が大きくなり獰猛《どうもう》さを見せはじめた。

「闇は俺の遊技場……！　暴れサセロォォ!!」

「やめろっ、黒影《ダークシャドウ》……っ」

袋小路で迫る黒影《ダークシャドウ》。常闇も抗《あらが》うが、暗がりのなかでは黒影《ダークシャドウ》が優位に立つ。ふだん、みんなと交流する黒影《ダークシャドウ》は頼もしい存在でもあり、A組の末っ子のような愛らしささえある。だが、闇のなかで解放された黒影《ダークシャドウ》は強大な力を持ち、飯田たちでさえ倒せるかわからない。倒す方法は、なにより光、そして常闇の精神が黒影《ダークシャドウ》を制御しなければならない。

「そうだ、光……常闇くん、携帯を借りるぞ！」

携帯のライトで黒影《ダークシャドウ》を照らして弱体化させようと、飯田が常闇のポケットから携帯を取り出す。操作してバッと向けようとするが、それより黒影《ダークシャドウ》の爪のほうが速く、携帯を壁に弾き飛ばしてしまった。

「光など要《い》ラヌ……!!」

自分を攻撃する邪魔者《じゃまもの》を排除しようとするように、黒影《ダークシャドウ》の牙が飯田たちに向けられたそのとき、障子がハッと呟く。

き物。

「何かが来る……！」

そのすぐあと瞬《またた》く間に近づいてきたのは、耳障《みみざわ》りな鳴き声と、羽ばたきの音。そして通路の入り口を塞ぐほどのおびただしい数で迫ってくるのは、黒い翼《つばさ》を広げた闇を愛する生き物。

「コウモリ⁉」

突然の来襲に驚く飯田たちを庇うように、無数のコウモリが黒影《ダークシャドウ》を飲みこまんばかりに纏《まと》わり飛ぶ。

「ナァ⁉」と驚く黒影《ダークシャドウ》。常闇も突然のことに唖然とした顔をあげる。そこへ、ひときわ大きな羽音とともに聞き慣れた声がした。

「そのまま、その黒き影を覆《おお》うのです」

「口田！」

コウモリとともに現れたのは口田だった。

「落ち着きなさい、黒き影よ」と黒影《ダークシャドウ》を諭《さと》しながら、〝個性〟の生《い》き物《もの》ボイスでコウモリを完全に操っているその姿に、常闇の目が輝く。

「バットボーイ……！」

憧れの眼差《まなざ》しを送る常闇。宿主《しゅくしゅ》である常闇の精神が落ち着いて、正気《しょうき》に戻ったらしい黒影《ダークシャドウ》が叫ぶ。

「俺のほうがカッコイイ……！」

通常サイズに戻った黒影《ダークシャドウ》を見て、口田がホッとする。常闇がハッとして黒影《ダークシャドウ》を中に戻らせた。口田がコウモリたちに礼を言って解放したあと、飯田たちがわっと口田の元へ駆け寄る。

「間一髪だった、ありがとう！」

「ずっと探してたんだぞー！　どこいたんだよ？」

「それがね……」

口田が言うことには、はぐれた先で落とし穴に落ちて、完全に迷ってしまったが、昆虫やコウモリを頼り、なんとかここまでたどり着いたということだった。

「口田……止めてくれて本当にありがとう……。やはりすごい〝個性〟だ」

常闇の憧れの視線を受け、口田は「そうかな」と照れくさそうに笑った。しかし喜んだのも束の間、入り口からいつのまにか巨大なホースが現れ、勢いよく水が流される。あっというまに飲みこまれた飯田たちの奥で、突如行き止まりだったはずの壁がゴゴゴと開いた。

「うわあ〜!?」

行き場を求めて激しく下る奔流《ほんりゅう》に飯田たちがまるでウォータースライダーのようにうねり、回され、落下しながら流されていく。バラバラになってはいけないと飯田は先に流されている常闇や切島に手を伸ばすが、なかなかつかむことができない。それぞれ溺《おぼ》れないようにするだけで必死だったが、障子がみんなを次々つかんで自分の背中へと引き寄せた。

「つかまっていてくれ」

「障子……！」

頼もしい広い背中に守られ、みんなはそれぞれ幼い頃一番安心した大人《おとな》の背中を思い出した。やがて、水の流れによってたどり着いたところは、今までの通路よりひときわ大きな空間だった。濡れて冷《ひ》えた体を改めて感じ、ブルッと震える面々。しかし今は寒さにかまっているときではないと歩きだして少しすると、ふと気温が上がったように感じた。

「急にあったかくなったよな……？」

「ん？　あれはなんだ……」

急な気温の変化を不思議に思う切島たち。常闇が道の向こうから漂ってくる蒸気に気づく。全員で急いで向かったそこには、なんと大きな地下温泉が湧いていた。切島が手で温度を確かめる。

「あったけえ〜……」

冷えた体に温泉とくれば、入らないわけにはいかない。周囲を調べると、一応、脱衣所のような空間があり、そこになぜか五人分のジャージとタオルが置かれていた。敵《ヴイラン》のものかと思ったが、特殊な体形の障子が着られるジャージもあった。

「敵《ヴイラン》が俺たちのために用意してくれたなんてことはないよな……？」

「まさか……」

不審に思いつつ、飯田たちは交代で見張り、温泉で体を温めた。リラックスして初めて、自分たちが疲労困憊《こんぱい》だったことを知る。そして良心が咎《とが》めつつも、置かれていたジャージとタオルを使わせてもらう。あとから温泉に浸《つ》かった飯田と口田が着替えていると、周辺を探りに行っていた障子があわてた様子で戻ってきた。

「みんな、来てくれ……！」

急いで着替えた飯田たちが障子に連れてこられたのは、地下に不似合いなほどの立派で大きな鉄製のドアがいくつか並ぶ空間だった。障子がそのなかの一つのドアに近づき小声で言った。

「この中から人の話し声がする」

「えっ」

思わず声が出てしまい切島が自分で自分の口を塞ぐ。障子に合図されそっと近づいてドアに耳を当てると、かすかだが人の声が聞こえた。

「……決行はいつにする」

「決まってるじゃねえか、今だよ……！　全部ぶっ壊してやろうぜ!!」

その言葉に飯田たちはハッと顔を見合わせた。

やはりここは敵《ヴイラン》が密かに作った場所だったのだ。そして、雄英襲撃を今まさに始めようとしている。本当に一刻も早く、このことを先生に伝えなくては。だが、この広大な地下迷宮ではそれがすぐにできないことは明白《めいはく》だった。ならば、やることは一つ。

自分たちで止めなければ。

言葉もなく、小さく頷き合う五人。そして黒影《ダークシャドウ》も同意するように出てきた。

「黒影《ダークシャドウ》、ドアを」

「アイヨ……！」

そう応えて黒影《ダークシャドウ》が頑丈《がんじょう》そうな鉄製ドアを切島とともにドーンと破壊する。飯田たちはすぐに戦闘に備えながら中に飛びこんだ。だが、そこには誰もいなかった。

「俺の愛車スープランに付けた傷は一〇倍返しじゃあ!!」

「アイツらのフェアレディX、スプラッタにしてやるよぉ!!」

「アニキ、スプラッタちゃう、スクラップや……！」

「――は？」

唖然とする飯田たちの前にあるスクリーンに映し出されていたのは、硬貨で傷つけられたような車の前で、不良っぽい若者たちが爆ギレしている映像だった。C級映画『峠《とうげ》の走り屋～愛車天国戦争～』というマニアしか知らないようなカルト映画である。カルト映画なので、当然飯田たちは誰も知らずきょとんとするばかりだ。

「え、映画館……？」

とりあえず、それが映画らしいということがわかった飯田たちは、周囲を見回す。三〇席ほどの立派なミニシアターだった。スピーカーも立派なものが設置されていて、音響も臨場感が伝わってくる。困惑《こんわく》するみんなを代表して常闇が言った。

「敵《ヴィラン》はなんのために映画館を……？」

映画館は娯楽施設だ。それがちゃんとしていればいるほど、常闇たちの困惑は深まる。映画の声を敵《ヴィラン》の声だと勘違いした障子が「すまない」と謝った。

「勘違いするのもムリないさ。しかし、ここに敵《ヴィラン》はいなそうだ……」

「……別のドア、見てみるか」

そういう切島に同意して、飯田たちは別のドアを慎重に開ける。念のためドアノブを回してみたら鍵《かぎ》などはかかっていなかった。

「ここは………部屋だな……」

飯田の簡素な感想に、ほかの面々も頷く。革製《かわ》のソファに、デスク。その上には、飲みかけの冷えたコーヒーにカップラーメンの容器などがのっている。壁には車のポスターが何枚か張ってあり、個人の性格と趣味がわずかに反映された、まさしく部屋としかいいようのない場所だった。切島が首をかしげる。

「もしかして、ここに住んでんのか……？」

次のドアも同じく鍵はかかっておらず、飯田たちはすんなりとそこに入れた。しかし、今度はわずかに驚いた。そこは拡大なサーキット場だったのだ。そこを走るであろうクラシックカーが数台置かれている。

飯田が今までの部屋の共通点を思い出し、ピンときた。

「……敵《ヴィラン》は相当な車好きのようだ……！」

あまり有益でなさそうな情報をゲットしたところで、別の部屋に行ってみる。そこはたくさんの機械がある工房のような場所だった。作りかけのロボットのようなものから、武器のようなもの、そして何に使うのか見当もつかないものなどなどが所狭《ところせま》しと山積みされている。飯田たちは警戒しつつも、それぞれの機械を見て訝《いぶか》しげに顔をしかめた。

「……ここで武器などを作っているということだろうか……？」

「この地下全体が敵《ヴイラン》の本拠地《ほんきよち》なのでは……？」

障子と常闇の言葉に切島が「マジかよ……！」と危機感を募《つの》らせ、口田も焦りを滲ませる。考えこんでいた飯田が緊迫《きんぱく》したように吐き出した。

「……雄英に気づかれることなく、この規模の施設を作る力……。恐ろしいほど大胆《だいたん》かつ用意周到で卑怯《ひきよう》な敵《ヴイラン》に違いない……！」

そのとき、山積みされている機械が突然崩れた。暴れるように下から飛び出してきた大きな機械が誤作動を起こしたように不規則に動きだす。それがほかの機械のスイッチを押してしまったのか、飯田たちに向かって火炎放射を繰り出した。

「うわぁっ⁉」

とっさに避けたが、機械の連鎖《れんさ》は止まらない。すごい勢いで飛び回るもの、ビームを発射するもの、目を眩《くら》ませるほど発光するもの、小型ミサイルを発射するものなどなどぐちゃぐちゃの乱戦状態だ。敵《ヴイラン》の攻撃か、機械の誤作動か。そんなことを考える間も与えてくれないほどの混乱に飯田が叫ぶ。

「とにかく止めるんだ‼」

カオス状態にみんながなんとか必死で対処する。連鎖を止めるには、とにかく作動した機械を手あたり次第《しだい》粉砕していくしかない。やっと止めたそのとき、飯田たちの背後に小さな影が現れた。

「やあやあ、みんな」

「校長先生!!?」

そこにいたのは、愛らしい小型哺乳類《ほにゅうるい》の見かけをしているが、右目の傷が只者《ただもの》ではない雰囲気を醸《かも》し出《だ》している雄英高校校長の根津《ねづ》だった。飯田たちは頼もしい存在の登場にバッと駆け寄る。

「大変なんです！　どうやらここは敵《ヴイラン》の本拠地のようです!!」

偶然落ちたことから、ここに至《いた》るまでの経緯《けいい》を簡潔に述べた飯田に切島たちも口添《くちぞ》えし、緊急事態であることを訴《うった》えた。

「そうか、大変だったね。でも、大丈夫さ、ここは敵《ヴイラン》の施設じゃない」

「え？」

きょとんとする生徒たちに根津校長はパッと両手を広げてみせた。

「ここはね、昔、作った雄英の施設なのさ！」

「え……ええ!?」

驚く飯田たちに校長は簡潔に説明した。

「地下でのサバイバル訓練施設にしようかと思ったんだけど、あまりに危険だったため閉《へい》鎖《さ》してたんだよ。古いから上の地盤が緩《ゆる》くなっていたところが出てきたのかもね。ごめんよ、危険な目にあわせてしまって」

「いえ、こちらこそ勘違いして騒ぎになってしまうところでした！」

校長の説明に驚いていたが、納得した飯田はバッと頭を下げる。だが常闇が首をかしげた。

「しかし、あの部屋は？　誰かがつい最近までいたような感じだった」

「……あぁ、それはね、埋め立ててしまうかどうか私が調査する間の休憩場所さ。なにしろ広大だからね。ほらほら、服はあとで寮に届けるから、早く戻りなさい」

飯田たちはいつもと変わらない校長の笑みに納得した。そして口外しないように念をおされ、飯田たちは決して誰にも言わないと約束する。教わった道順に従って進むと、エレベーターがあり、それに乗って上に昇《のぼ》り、少し歩くとやっと地上へのドアにたどり着く。

「………？」

そこは何かの準備室のような部屋だった。作りかけの機械などがあり、車のカレンダーが飾ってある。なぜこんなところに繋《つな》がっているんだと疑問に思いながらも、廊下に出て校長が使用を許可してくれた保健室に向かった。リカバリーガールに飯田の傷を治癒《ちゆ》してもらってから校舎を出ると、解放感に小さな疑問などどうでもよくなった。空はもう夕空になっていて、優しいオレンジ色が紺色《こんいろ》に変わりはじめている。

五人は久しぶりに感じる地上の空気を、伸びをしながら思いきり吸いこんだ。切島がちょっといたずらっ子のように笑って、うかがうように言った。

「……なんやかんや、楽しかったよな？」

すると常闇、口田、障子もまんざらでもなさそうに頷く。それを見て飯田がブンブンと腕を回しながら言った。

「君たちっ、一歩間違えば大惨事《だいさんじ》になっていたかもしれないんだぞ！」

「すまない、俺のせいでケガを……」

ケガを思い出して申《もう》し訳《わけ》なさそうにうつむく常闇。飯田は「いやっ、その……」とあわてから、少し照れくさそうに本音《ほんね》を吐露《とろ》した。

「……本当は、俺も少し楽しかったんだ。大冒険みたいで」

顔をあげた常闇と飯田が照れくさそうに微笑《ほほえ》む。それを見守っていた切島たちにも笑みが浮かんだそのとき、口田のおなかがグーッと鳴った。恥ずかしそうにおなかを押さえる口田にみんなが笑う。飯田が笑顔で叫んだ。

「今日の夕飯はハンバーグだ！」

飯田たちが寮まで競走していたその頃、地下では校長があきれたように部屋を見回していた。生徒たちがまだ開けていなかったその部屋には、様々《さまざま》な機械が工房のような部屋以上に山積みされている。

そのとき校長の後ろにそっと現れた人影があった。気配を感じた校長が振り返る。

「……まったく、ちょっと……いや、だいぶ広げすぎじゃないのかい？　パワーローダー」

「すいません……」

侵入者を知らせるデバイスを持ちながら校長に平謝《ひらあやま》りしているのは、裸《はだか》の上半身にブルドーザーのショベルのようなメットを被《かぶ》ったサポート科のパワーローダーだった。

さっき校長が飯田たちに説明したのは嘘《うそ》だった。実際は、サポート科の工房に溜《た》まり続ける発目《はつめ》明《めい》のベイビーたちの置き場所に困ったパワーローダーが校長に相談したところ、地下室を掘るのを勧《すす》められたのだ。だが、パワーローダーは掘削《くっさく》するうちにどんどん楽しくなってしまい、校長に許可を得てから自分の部屋を作り、車が好きなのでサーキット場を作り、息抜きにとシアタールームを作っているうちに温泉を掘り当て、生徒のためにと地下迷宮サバイバル施設を作っていたところで地表近くを削ってしまい――。飯田たちが落ちてしまったのだ。落ちたあと出てきた玩具の猿は、人間の恐怖心をサポート道具に使えないかと考えた発目の発明品である。ちなみに、脱衣所にあったタオルなどは風邪《かぜ》をひいてはいけないとパワーローダーがこっそりと置いたものだ。

「シアタールームにサーキット場に温泉……これだけの娯楽施設、独り占《ひとじ》めはもったいない……そうだ！　ここを教師たちの息抜き施設にするのはどうだろう？」

「えっ……それはその……」

校長の言葉に戸惑《とまど》って二の句が継《つ》げないパワーローダー。その様子をじっくりと観察したあと、校長はニパッと笑って言った。

「嘘さ！」

「はっ？」

「キミが人付き合いが得意じゃないのは知っているのさ。仲がいいのに越したことはないが、ムリに親密になる必要もない。人には人それぞれの距離というものがあるだろうからね」

パワーローダーは天才肌《はだ》ゆえに、他人に合わせることが難しかった。だからなんとなく距離を置いてしまうだけで、人が嫌いなわけではない。施設増設などで一緒になることが多いセメントスとはしゃべるほうだったりする。仕事仲間の付き合い以上ではないが、パワーローダーにとってはそれで十分だった。機械と向き合う時間はパワーローダーにとって有意義で、かけがえのないものなのだ。それを理解しているように、校長が続ける。

「キミのような天才は一人で開発する場所と時間が必要さ。ここなら、誰にも邪魔されずサポート開発に勤しめるだろう？」

そう言いながら校長は山積みになっている機械の元へ、トタトタと歩み寄る。それらは、パワーローダーの試作したサポートアイテムだった。

パワーローダーはポカンと開けていた口をムズムズと動かす。

「ありがとうございます……。しかし人が悪いですよ、騙《だま》すなんて……」

「フフフ、人じゃないのさ」

校長の軽口にクケケとパワーローダーが笑いをもらす。根津校長も動物でありながら、人間以上の頭脳が発現した、ある種の天才だ。天才同士、わかりあえるものがあるのかもしれない。

「ついやりすぎる気持ちはわかるが、地下迷宮施設はもう少し安全面を考慮《こうりょ》しないと許可は出せないのさ。ほどほどにするのさ！」

「はい……」

肩を落とすパワーローダーに、校長が言う。

「でも、たまに温泉に入りにくるのさ」


雄英の地下には迷宮がある。それを知るものはごくごく少ない。

再び生徒たちが冒険するその日は、今日と同じように生徒たちを翻弄《ほんろう》し、成長させ、そしてきっと友情を深めさせるだろう。

それまでは地下で眠っているが、もしかしたら知る人ぞ知る娯楽施設になっている……かもしれない。

1-A帰省物語 #1 耳郎家の場合

馴染《なじ》みの小さなライブハウスは超満員だった。耳郎《じろう》はステージ袖《そで》から、ドラムを叩《たた》いている父親とギターを弾《ひ》きながら激しく歌う母親を見ていた。今日は音楽関係の仕事をしている両親が趣味でやっているバンドの年越しライブで、急遽《きゅうきょ》帰省《きせい》できたため、観《み》にくることができたのだ。

お腹《なか》の底にまで重く響《ひび》くドラムに、歌声のように鳴くギター。体は自然とリズムを刻《きざ》む。音楽一家で育ってきた耳郎にとっては呼吸と同じくらい自然なことだった。客もノリノリで音楽に身を預《あず》けてそれぞれ楽しんでいるのが手に取るようにわかる。けれど、少し離れた後ろの人影を思い出し、耳郎は振り返った。

「エクトプラズム先生、うるさいですよね？」

帰省するためにプロヒーローが護衛についていて、耳郎の担当はエクトプラズムだった。

「イヤ、初メテダカラ新鮮ダ。興味深イ」

「よかったら、もっとこっち来ません？　見えやすいんで」

「イイノカ？　デハ……」

耳郎の隣に移動してきたエクトプラズムが、ズレながらもリズムを取る。それを見た耳郎が微笑《ほほえ》ましいギャップに笑った。

「客モ楽シソウダ。シカシ、モット大キナ会場デモヨカッタノデハ？」

あまりのギュウギュウ具合にそう言ったエクトプラズムに耳郎が言う。

「ここ、両親が出会った思い出のライブハウスなんで、年越しは毎年ここなんです」

「ソウカ。ソレハ野暮ナコトヲ言ッタ」

笑って首を振り、耳郎はまた音楽に身を浸《ひた》す。リズムと旋律《せんりつ》は命の鼓動《こどう》だ。呼吸するように音楽を聴《き》いていた。ずっと浸っていたいと思っている時間ほど、速く感じる。父親が客を煽《あお》り、カウントダウンを始める。もう年越しの時間だ。

（あ、そういえば書初《かきぞ》めの宿題、どうしようかな）

相澤《あいざわ》先生から冬休みの宿題の一つとして、書初めが出されていた。お題は来年の抱負《ほうふ》。もちろんプルスウルトラでがんばるつもりだが、それを言葉にするのは難しい。

「ハッピーニューイヤー!! 今年もロックでいこうぜー!!」

ストレートな父親の叫びにちょっと苦笑していた耳郎に、ステージから父親と母親がウインクしてくる。なんだろうと耳郎がきょとんとしていると、父親が言った。

「ここで、今年一発目のゲスト……娘の響香《きょうか》ー！」

「は⁉」

耳郎は両親に手招きされ、驚き戸惑《とまど》う。ライブに出るなど聞いていなかった。ブンブンと首を振って断《ことわ》る耳郎を見て父親は、客に「ウチの娘、恥ずかしがりやさんなんだよ」と断りを入れ、母親と一緒《いっしょ》にステージを下りてくる。耳郎は小声で抗議した。

「突然すぎでしょ⁉」

「お願い！　だって響香、文化祭で歌ったでしょ？」

「映像、送ったじゃん」

「アレもよかったぞ！　でもやっぱライブは生《なま》で聴きたいだろ⁉」

両親からの懇願《こんがん》に、耳郎はむげに断れなくなってしまった。実は生で見てほしい気持ちもあったのだ。

「……わかった。あの歌でいい？」

腹を決めた耳郎に、大喜びで両親がハグをし、一緒にステージに立った。照れくさそうに短い挨拶《あいさつ》をしてから、両親の奏《かな》でる音をバックに文化祭で披露《ひろう》した歌を耳郎が歌う。

好きなことを、好きなようにやっていいと背中を押してくれた両親は耳郎の誇《ほこ》りだ。三人で奏でられる音楽に決意と感謝を込めて思いきり歌う。観客が歓声をあげる。

「……イイ声ダ」

そんな耳郎をステージ袖から見ていたエクトプラズムが嬉《うれ》しそうに呟《つぶや》く。カラオケ好きのエクトプラズムは、文化祭での耳郎の歌声の評判を聞いて、密《ひそ》かに生で聴いてみたいと思っていたのだ。年明け早々、夢が叶《かな》ったエクトプラズムだった。

耳郎が歌い終わると、観客から歓声と盛大な拍手が送られる。照れくさそうにする耳郎が両親と笑い合う。そして耳郎はふと来年の抱負を『響《ひびき》』にしようと決めた。

（来年は壁を壊すくらい、私の心音《しんおん》を響かせよう。……上鳴《かみなり》とか峰田《みねた》に自分の名前から取ったってからかわれそうだけど）

そのときは、心音を直接響かせてやる。耳郎がそんなことを思っていると、会場中からアンコールが湧《わ》き上《あ》がった。戸惑って見回すと、両親もエクトプラズムもアンコールしている。

「ええ？　……じゃ、じゃあもう一曲だけ」

年明けの小さなライブハウスに、キュートな歌姫の歌声が響いた。

Part《パート》.2

不揃いのサンタクロース

「……では、大晦日《おおみそか》の生徒の帰省《きせい》は教師たち、及《およ》びプロヒーローが護衛につくということで」

相澤消太《あいざわしょうた》の首元で暖をとりながらそう言った根津《ねづ》校長に、ほかの先生たちも「賛成」などと頷《うなず》く。

会議室で行われているのは学期末の職員会議だ。今日で二学期も終業し、先生たちもこの会議が終われば束《つか》の間《ま》の冬休みに入る。

たびたびの情報漏洩《ろうえい》に、雄英《ゆうえい》内部に敵《ヴィラン》連合《れんごう》のスパイがまぎれこんでいるのではと睨《にら》み、それを炙《あぶ》り出《だ》すための全寮制だったが、今のところおかしな様子《ようす》はなかった。そのため、せめて年越しくらいは親元で過ごさせてはどうかと校長から提案したのだ。突然の寮生活を余儀《よぎ》なくされた生徒たちだったが、雄英に入る時点でとっくに覚悟を決めていた。けれどまだ高校生である。子供とも大人《おとな》とも呼べない、その途中の時間を必死で走っている年代。ときに親が恋しくもなるだろうし、逆もしかり。教師たちももちろんその年代を経《へ》て大人になったので、大きな反対もなく一晩の帰省が決まったのだった。

「それじゃ、誰がどの生徒につくかは——」

校長がそう言いかけると、何人かがもう終わりかと腰をあげた。「それじゃ」の言葉に反応したのだ。が、まだ終わりではないと気づくと、「すみません」と腰を下ろす。

「なんだい、君たち。これで何回目だい？」

もう終わりかと勘違《かんちが》いして何人かが腰をあげるのは、これで三回目だった。その三回とも腰をあげたプレゼント・マイクが校長に言う。

「いやほら、今日《きょう》はちょっといろいろあるんスよー！　なんてったって聖なる夜だから！」

「おやおや、隅《すみ》に置けないね。相澤くん、キミもかい？」

プレゼント・マイクにからかうように声をかけたあと、校長は同じく立ち上がった相澤に聞く。相澤はふだんどおりの無気力そうな顔のまま答えた。

「このあと、エリちゃんをA組のクリスマスパーティに連れていくので」

その名前に会議室の空気がふわりと変わる。

「あぁ、それはいいね！　A組には緑谷《みどりや》くんもいるし、きっと安心して楽しめるだろう」

「エリちゃん、ずっと楽しみにしてましたもんね！」

「A組の子たちがくれたサンタさんの服、朝から着てたわね」

校長に続いた13号とミッドナイトの顔は幸せそうに微笑《ほほえ》んでいる。そんな顔で微笑んでいるのは二人だけではない。プレゼント・マイク、ブラドキングだけでなく、顔をマスクなどで覆《おお》っているエクトプラズムなども密《ひそ》かに口元を緩《ゆる》ませていた。

教師寮で預《あず》かることになったエリの存在は、今や癒《いや》しになっていた。もともと、教師になっている面子《めんつ》が子供を嫌いなわけもない。加《くわ》えて、辛《つら》い境遇を抜け出してきたいじらしさと、自分の〝個性〟を受け入れ前を向こうとしている健気《けなげ》な強さ、そして素直《すなお》で純真なところに心が動かない者はいなかった。

校長はそんなみんなの様子を相澤の首元からしげしげと見回して、どっちが子供なんだかとほんの少しあきれた。けれど、エリがパーティに行くのを楽しみにしていたと知れば、あとで披露《ひろう》しようと思っていた、今年の朝礼エピソードベスト10《テン》はなしにすることにした。校長もエリに癒されている一人（一匹？）でもある。

「それじゃ、今日は散会しよう。誰がどの生徒につくかなどはそれぞれの帰省地区などを考慮して決めるよ。それじゃ、とりあえずお疲れさま」

会議の終了の言葉に、みんながいっせいに「お疲れさまです」などと応《こた》えて、それぞれ立ち上がりはじめる。校長も相澤の首元から抜け出たとき、伝え忘れていたことを思い出した。

「あのね、今日からセキュリティ強化したといいたからね……」

だが、その声が届いていたのかは定《さだ》かではない。


「おっきなけん、どこに置こうかなぁ？」

A組クリスマスパーティからの帰り道、エリは相澤が持っているプレゼント交換で当たった常闇《とこやみ》の大きな剣を見て困ったように眉《まゆ》を寄せながらも嬉《うれ》しそうに言った。

「ドアの近くでたおれたらあぶないから、ベッドのとこかなぁ。でも夜、とつぜんバタンッてなったらビックリしちゃうからなぁ」

自分の背《せ》丈《たけ》以上ある大きな剣は、バランスが悪く立てるのが難しい。それがわかったエリの悩む様子を見て、相澤が申し出る。

「置き場所に困るなら、先生が預かろうか」

きょとんとしていたエリだったが、ううんと首を振る。

「だって、くりすますぷれぜんとだから」

大きな剣うんぬんではなく、クリスマスプレゼントというものが嬉しかった。だから、自分の部屋にちゃんと飾りたい。

エリのキラキラとした目からそんな気持ちをくみ取った相澤は「そうだね」と応える。そして再《ふたた》び「どうしようかなぁ」と上を向きながら置き場所を考えるエリの横顔を見下ろしてから、なんとはなしに同じように上を向く。

冬の夜空にはビーズのように小さな星が輝いていた。

「ふふふ」

突然笑《え》みをもらしたエリが楽しそうに続ける。

「るみりおんさん、こんなおっきなけんがあったら、きっとビックリしちゃうかも」

驚いた通形《とおがた》ミリオを想像しているらしい楽しそうなエリの笑顔に、もう陰《かげ》りはない。それは自分を救《たす》け出《だ》してくれた出久《いずく》とミリオの存在が大きい。とくに〝個性〟を失い休学中のミリオは、ほぼ毎日エリと過ごしていた。ミリオの持って生まれた明るさは、周囲を照らす。暗く冷たい場所に閉じこめられていたエリにとって、とても居心地《いごこち》のいいあたたかい場所だった。安心できる日常は、子供にとって絶対に必要なものだ。

「……寒くないかい？」

「まだほかほかだよ」

エリからもれた白い息を見てそう訊《き》いた相澤に、エリは続ける。

「おなかもいっぱい。とりにく、おいしかった……！　あとね、あめりかんどっぐも、たこやきも、ふらいどぽてとも……」

おいしかったものを次々挙《あ》げていくエリの口元から、タラリとヨダレが垂《た》れそうになった。ハッと気づいて、コシコシと袖《そで》で拭《ぬぐ》って少し恥ずかしそうにする。

「おなかいっぱいなのに、また食べたくなっちゃった」

初めてのクリスマスパーティがよほど楽しかったのか、ふだんはまだどこか遠慮がちだったりするのに今日は相澤に対しても饒舌《じょうぜつ》だ。珍しさに相澤も口が軽くなる。

「どれが一番おいしいかった？」

「えっ、一番？　うう～んとね……どれもおいしかったけどね……あのおっきくてキレイなケーキもおいしかったけど……でも一番はりんごにチョコかけたのかなぁ」

フルーツやマシュマロなどをチョコレートにつけて食べるチョコレートフォンデュだ。

「でくさんの作ってくれたりんごあめみたいだった」

りんご飴《あめ》は、文化祭のときに出久がりんご好きのエリのために作ったものだった。りんごに甘いものをかけるところが似ていると思ったのだ。嬉しそうなエリの笑顔に、相澤はわずかに目を細める。幼い頃《ころ》の大切な思い出は、大人になったとき自分を守ってくれる盾《たて》にもなる。

そんな思い出がこれからたくさん増《ふ》えるといい。相澤がそんなことを思ったときだった。

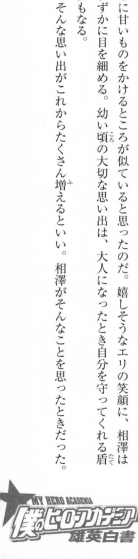

「あいざわせんせい、でくさんにもサンタさんくる？」

突然の質問に相澤は一瞬面食らう。なんと答えたものかと思案して口を開いた。

「それは、サンタさん次第《しだい》かな」

相澤の言葉にエリは一瞬きょとんとしたが、すべてサンタさんに委《ゆだ》ねられていることなのだろうと子供なりに理解したように「そうなんだ……」と神妙な顔で頷くエリの顔が、ふと曇《くも》る。

「………………」

何か言いたげに開いては閉じる小さな口元に、相澤は「何だい？」と尋《たず》ねた。

「……サンタさん、来てくれるかなぁ……？」

エリは雄英に来てから、たくさんのことを教わっている。そのなかの一つに、季節の行事があった。季節ごとの行事の催《もよお》し物《もの》は、日常の色どりだ。そしてA組のクリスマスパーティに参加することになり、サンタクロースのことを教えてもらった。クリスマスに、世界中の子供たちにプレゼントを配《くば》る聖人のことを聞いた日から、果たして自分のところにも来てくれるのだろうかとエリはずっと気になっていたのだ。

相澤は剣を持ったまま、エリの目線に合わせてしゃがみこむ。

「……きっと来るさ」

「――うん」

相澤の言葉にエリは不安を飲みこんでコクリと頷いた。

「さ、帰ろう」

「うん」

相澤が差し出した手をエリが握《にぎ》り、二人は教師寮へと帰っていく。夜空の星は、よりいっそう輝いていた。


そして、草木もエリも眠る丑三《うしみ》つ刻《どき》。

「――なんだ、その格好《かっこう》は」

待ち合わせ時間にエリの部屋の前までやってきた相澤は、すでに待ちかまえていたプレゼント・マイクの姿をあきれたような顔で見やる。白いファーのついた赤い帽子に、赤の上下、黒いブーツ。ご丁寧《ていねい》にもさもさの白髭《しろひげ》までつけ、白い袋を担《かつ》いでいる。

ちなみに、ここからの会話はすべて小声である。

「サンタクロースに決まってんだろー!?　お前こそ、なに普段着で来ちゃってんの!?」

マイクの指摘どおり、相澤の服装はふだんどおりの黒いラフな服だ。

相澤とプレゼント・マイクは、これからエリにサンタクロースのプレゼントを届けるつもりだった。プレゼントを楽しみにしているエリに、サンタからのプレゼントがなかったとあっては一大事だとプレゼント・マイクが相澤に持ちかけたのだ。相澤は合理的な子供だったので昔からサンタは信じていなかったが、純真な子供の想《おも》いを壊すつもりもなかった。仮にサンタがいるとして、忙しくて渡し忘れることもあるかもしれない。ならば、身近な大人がサンタからだとプレゼントを渡すのは、合理的ともいえる。それに、子供の夢を守るのもヒーローの役目だ。

相澤はどちらかが一人でエリの枕元にプレゼントを置けばいいと考えていたが、共同作業だろと却下《きゃっか》され二人で行くことになったのである。

「万が一にプレゼント置いたときにエリちゃんが起きたら、ただの相澤がくれたプレゼントになっちまうZE《ぜ》!?」

「さてはお前、起こす気満々だな……?」

「ちげーって！　ガールの夢を守るためでしょーが！」

エリを起こして自分のサンタ姿を見せるつもりなのかと訝《いぶか》しげな視線を向ける相澤だったが、白い袋を見て思い出したように言った。

「そういや、プレゼントは何にしたんだ？」

以前、エリの服のセンスで、さんざんからかわれた相澤はプレゼント選びをプレゼント・マイクに任《まか》せた。プレゼント・マイクは得意げに、それが入っている白い袋を開けてみせる。中にはクリスマス柄《がら》の包装をされたプレゼントが入っていた。

「子供用ＤＪセーット！」

「は？」

「なんでそんなもんっつー顔してるけど、これが案外スゲーのよ！」

操作は簡単だけど意外と本格的だの、子供のときから音楽で遊ぶのは大事だのと、これにした理由を述べていくプレゼント・マイク。エリが喜ぶかどうかは想像できなかった相澤だったが、任せたのは自分なので「そうか」と承諾《しょうだく》し、いざドアノブに手をかける。

「じゃあ行くぞ。開けたら素速《すばや》く中に入って身を隠す」

「……レッツプレゼントターイム……！」

プレゼント・マイクとアイコンタクトして、相澤はそっとドアノブを回しドアを開ける。

素早く二人がエリの部屋に入った、その瞬間――。

カチャ……。

カラ……。

「「「え」」」

重《かさ》なった四人の声。窓からサンタ姿のミッドナイトが、クローゼットから同じくサンタ姿の13号が出てきて、ドアから入った相澤とプレゼント・マイクと鉢合《はちあ》わせした。

お互い、何やってんだといわんばかりに指差し、動揺したそのとき。

「ん……」

ベッドで寝ていたエリの小さな身じろぎに、全員その場で暗闇《くらやみ》に身を伏《ふ》せた。息も止め、気配を消すその様《さま》はまるで忍者だ。三人のサンタに相澤の組み合わせがエリを戸惑《とまど》わせるのが目に見える。絶対にバレるわけにはいかない。

エリの安らかな寝息を聞き、暗がりのなかで全員アイコンタクトし、トイレに素速く潜入する。ドアを開けたとき外廊下の灯《あか》りでエリが目を覚《さ》ましては元も子もない。

「ちょっ……狭い……っ」

そっと窓を閉め、一番最後にトイレに入ってきて身を捩《よじ》るミニスカセクシーミッドナイトサンタに、宇宙飛行士っぽいヒーローコスチュームの上にサンタ服を着て、さらに大きな白い袋を抱《かか》え、一番幅を取っている13号が言う。

「すいません～っ」

「13号、宇宙飛行士サンタっていろいろ渋滞《じゅうたい》しすぎだろー！」

「だってこのほうがサンタっぽいかと思いまして……」

「確かに一番サンタ体型ね」

「俺も腹にタオルでも詰《つ》めときゃよかったなー！」

「おい、まず状況整理だろ」

どうでもいい話を始めた面々に、相澤が突っこむ。ミッドナイトが「それもそうね」と応えて、相澤たちを見回した。

「つまり、みんなエリちゃんにサンタの代わりにプレゼントを置きに来たってわけね？」

「はい。僕はほかの先生たちと合同で」

「なんだよー、結局みんな同じこと考えてたのかYO《よ》！」

マイクの言葉に、13号がヘルメットの中で嬉しそうに微笑んで言った。

「みんな、エリちゃんの笑顔が見たいですからね」

エリは教員寮の癒しだ。癒しを大切にしたいのは当然のこと。とくに13号はお風呂や朝の身支度《みじたく》などを手伝っている。最初は朝起きたてでも、遠慮がちでどこか申《もう》し訳《わけ》なさそうだったエリが、最近では徐々に気を許してくれているのか眠そうに欠伸《あくび》したりする。そのあと恥ずかしそうにしている様子は思わずギュッと抱きしめたくなるほど愛らしい。

「そうね」

13号の言葉を受けてミッドナイトも頷く。ミッドナイトは眠れないときに絵本を読んだり、時間があるときは絵を一緒《いっしょ》に描いたりしている。「絵のおねえさん」と呼ばれたときは、ほかの先生たちから「どうした、ニヤニヤして」と何度も訊かれたほど、思い出しては頰《ほお》が緩んだものだ。

「まーな！」

と同意するプレゼント・マイクはアルファベットを覚える歌を教えている。「えーびーしーでぃー……」と一生懸命覚えようとするエリの様子は、プロヒーロー兼《けん》英語教師としての初心に返らせてくれていた。「えいごのおにいさん」か「おひげのおにいさん」でエリが悩んでいたと相澤から聞いたときは、可愛《かわい》さのあまり即興ラップをエリの前で披露し、戸惑わせたほどだ。

「そうだな」

みんなに同意して頷いた相澤にプレゼント・マイクたちがしかめっ面《つら》を向ける。ギョッとして「なんだ……？」と訝しげになる相澤に、みんなはよりいっそう顔をしかめた。

「先輩、一番エリちゃんに懐《なつ》かれてますよね……」

「余裕の態度よねー、保護者ポジション」

「ズリィだろー!?」

人間は欲深い生き物である。自分が好意を持つ相手には、同じように好意を持ってもらいたくなってしまうのだ。つまり、エリからもっと好かれたい。もちろん、エリの境遇を知っているからムリ強《じ》いなどは大人として決してしない。だからこそ、心の奥底の子供の部分でもどかしくなってしまうのだ。しかたない、ヒーローだって人間だもの。

羨《うらや》ましさ全開の恨《うら》みがましい視線の意味を知った相澤は、あきれたようにため息を吐《つ》いた。

「一番懐かれてるのは、緑谷と通形に決まってるだろ」

「教師んなかではってことだろー⁉　だが、俺のプレゼントがきっと彼女を喜ばせる。サンタを通じて、俺の好感度が上がってくってワケ！　あしながおじさんサンタさん！」

マイクの言葉に、ミッドナイトと13号がピクと反応した。

「ちなみに、マイクたちのプレゼントは何……？」

「子供用ＤＪセットだＹＯ！」

得意げにそれがどれだけいいものであるか説明するプレゼント・マイクに、ミッドナイトが「ふ」と笑みを浮かべた。

「そういうミッドナイトのプレゼントは何なのさ⁉」

「私はね……絵本よ」

「普通で意外！　もっとこう大人っぽいものかと！」

「やーね、そういうのは年相応になってからでしょ。それに相手が喜ぶものをあげるのがプレゼントじゃない？　大人ならともかく、子供に自分の趣味を押しつけるのはどうなのかしら？」

「うぐっ……！　子供のうちからいろんなことを知っとくのもいいもんだろー⁉　未来の可能性をグングングーンとオープンさせるってワケ！　なぁ、13号⁉」

「えっと僕は、クマのぬいぐるみにしました」

「さっきからギュムギュムしてるコレか」

中心でみんなを圧迫しているやけに弾力のある袋をプレゼント・マイクが押しながら言う。13号は申し訳なさそうに答えた。

「小さい頃って、大きなぬいぐるみ好きかなって思って……」

その言葉に、全員の脳裏《のうり》に大きなぬいぐるみを嬉しそうに抱きかかえるエリの様子が浮かんだ。その大正解の絵面《えづら》に、プレゼント・マイクがキツイ体勢のままで「グッジョブ！」とサムズアップする。ミッドナイトも頷いて言った。

「明日《あした》、ぬいぐるみと一緒の写真撮《と》りましょ」

「そうしましょう！」

13号も嬉しそうに応えて、ウキウキした空気が流れる。相澤も確かにぬいぐるみが喜ばれる気がしたが、真夜中の狭《せま》いトイレでいつまでもなにやってんだと我に返った。

「……とりあえず、全員のプレゼントを置くってことでいいな？　さっさとすませよう」

促《うなが》す相澤に、プレゼント・マイクたちが小さくハッとし、神妙に頷いた。

「——オーケー、協力してこのミッションをコンプリートさせようZE……！」

「ええ、これほど有意義で興奮する聖夜は初めてよ……」

「みんなでがんばりましょうね……！」

（ただプレゼントを枕元に置くだけだろうが）

「おー！」とやる気の声を合わせるプレゼント・マイクたちに相澤は心のなかで冷静に突っこんだ。声に出して突っこんで、またそれを突っこまれたりする時間はムダだ。

作戦は、とにかく音を立てずにエリの枕元にプレゼントを置く。そして、素速く去る。確認するのもバカらしい簡単な作戦を確認し、一番ドアに近いミッドナイトがみんなに合図してからそっとドアを開けた。音を立てず、ソロソロとエリが寝ているベッドへ近づく。壁に立てかけてある大きな剣などに気をつけながら、全員で息を潜《ひそ》め……枕元を覗《のぞ》きこんだ。ベッドヘッドの棚《たな》には、可愛らしい天使の置物があった。見覚えのない置物に、相澤は首をかしげる。

（こんなの持ってたか？）

だが、ミッドナイトたちは天使の寝顔に夢中だ。

「ふふ、ぐっすりねえ」

「どんな夢みてるんでしょうね～」

「そりゃあサンタの……ん？　横にあるの、何だ？」

それをみつけた全員の顔が曇る。天使の寝顔の横に小さな靴下《くつした》が置かれていたのだ。サンタはプレゼントを枕もとの靴下に入れると聞いたエリは、自分の靴下を置いていた。持ってきたプレゼントは、どれも入りそうにない。動揺したプレゼント・マイクたちは、いったんベッドから距離を取りドア近くで緊急会議をする。

「どーすんだよ、一個も入らねえジャン！」

「べつにいいだろ、枕元に置いときゃ……」

「でも、靴下に入ってなかったら、もっと大きな靴下用意すればよかったなぁ……ってエリちゃん、自分を責《せ》めちゃいませんか……？」

「それはありうるわね……」

「こんなかで一番小さいプレゼントは、絵本だな。ムリヤリ入れちゃおーZE！」

「A4サイズが入るわけないでしょ」

「そこをプルスウルトラ！」

「ムリヤリ入れようとしたらエリちゃんの靴下が伸びちゃいますよ～っ」

「靴下はとりあえずいいから――」

突然の靴下問題にあわてふためく面々を、相澤が諌《いさ》めようとしたそのとき、小さな物音がした。ハッと相澤たちが振り返ると、窓ガラスの向こうに動く影が見えた。

敵《ヴィラン》かと緊張が走る。窓ガラスのすぐ近くに眠っているエリがいるのだ。敵《ヴィラン》らしき影は窓ガラスに手をかけ、今にも開けようとしていた。相澤たちが音も立てず、エリを守るように敵《ヴィラン》を迎《むか》え撃《う》つ態勢を整《ととの》える。次の瞬間、窓を開けて敵《ヴィラン》が入ってくる直前を狙《ねら》い、相澤がバッと捕縛布《ほばくふ》を向けた。

「ぐえっ」

「ブ……!?」

窓からのそっと入ってきたのは、サンタ姿のブラドキングだった。捕縛布に首を絞《し》められ、引っ張られるまま部屋の中へ転がり落ちた。

「おいブラド……！　あ?」

「え」

いなくなったブラドキングを心配し、窓から顔を覗かせたのはトナカイの角《つの》をつけソリをひくハウンドドッグだった。エリを喜ばせようと、本格的なコスプレをしていたのだ。

思わぬ遭遇《そうぐう》に唖然《あぜん》とする相澤たちだったが、物音と声にエリが身じろぐ。

「うう〜ん……」

エリを起こしてはならないと、全員その場でバッと身を伏せた。しかし、思わぬ刺客《しかく》がベッド下に潜んでいた。

暗闇に浮かぶ、光る白い目とむき出しの歯。

「っ!!?」

死神のようなその風貌《ふうぼう》に、なんとか全員悲鳴を必死で飲みこんだ。再びエリの安らかな寝息が聞こえた瞬間、全員の隣に黒い影が現れ、「シーッ」と指を口元に当て静かにと合図する。黒い影の正体はエクトプラズムだった。

「ちょっと驚かさないでよ〜」

「俺のハートがストップモーション……！」

はーっと心臓を押さえるミッドナイトとプレゼント・マイクに、ベッド下からサンタ姿のエクトプラズム本体が出てくる。誰より最初にプレゼントを渡そうとしたら、次から次へと教師たちが部屋に入ってくるので出るタイミングを逃《のが》してしまっていたのだ。

「スマナイ、突然声ヲカケタラ驚イテ、エリチャンヲ起コシテシマウカモト思ッタ」

分身を消し、そう言ったエクトプラズム。窓の外で伏せていたハウンドドッグが「もういいか……？」とひょっこり顔を出す。

改めて全員でドア付近にこそこそと集まった。

「──つまり、みんなプレゼントを渡しに来たってことでＯＫ？」

プレゼント・マイクの問いに、ブラドキングとハウンドドッグが深く頷く。

「少女の夢を守る……そのために、俺とハウンドドッグは入念な準備をしてきた」

「凝《こ》ってるわね〜、この角」

ミッドナイトに角を触《さわ》られながら、ハウンドドッグが答える。

「セメントスに作ってもらった。ソリはパワーローダーが全自動に改造してくれた」

ちなみにセメントスもパワーローダーも13号にプレゼントを託《たく》していた。

ブラドキングは空《あ》いた時間に体操などを教えている。最初はなかなか慣《な》れてくれなかったが、最近では高く持ち上げて飛行機ごっこをすると喜んでくれるようになった。今では体操のおにいさんとして、休み時間に幼児が楽しく遊びながら体力をつけるための本を読んで勉強しているほどだ。

ハウンドドッグは、寮内でもみんなの生活態度を厳しく見張っているため、未《いま》だ少し怖《こわ》がられている。だが、いい匂《にお》いの野の花などを教えてあげたとき、お礼に描いてくれたその花の絵を部屋に大事に飾っていた。

「コノ童謡ノＣＤヲプレゼントシタクテ参上シタ」

エクトプラズムも初めは怖がられたので、なんとか打ち解《うと》けたいと童謡の一人輪唱《りんしょう》を披露したがさらに怖がられてしまった。だが、13号やミッドナイトと一緒に童謡などを歌ううちに、お歌のおじさんの称号を得た。もっといろんな童謡を聴《き》かせたいと厳選したＣＤセットが入っている袋を見せる。

「エリちゃん、ＣＤプレーヤー持ってないですよ」

「ナント……!?」

「あ、大丈夫！　このＤＪセット、ＣＤも聴けるヤツ！」

「ブラドたちのプレゼントは何？　私は絵本」

「かわいいクシとかわいい髪飾りとかわいい手鏡だ」

「なんだ、その女児心鷲《わし》づかみしそうなプレゼント！」

「ウチのクラスの女子の意見を聞いた」

マイクに驚かれるほど褒《ほ》められ、フフンと誇《ほこ》らしげになるブラドキング。

「俺たちもそういうのにすればよかったー！」

「イヤ、ＤＪセットデ助カッタ」

「――さっさとプレゼント置いていかないと」

プレゼントのことでワイワイしはじめる面々を相澤が低い声で一喝《いっかつ》する。さっさとプレゼントを置いて去らないと、エリがいつ起きてしまうかわからない。そうなればすべてが台なしになってしまう。ほかの面々も我に返り、今宵《こよい》の任務に集中することにした。靴下問題は多少揉《も》めたが、結局解決策がないのでプレゼントを中に入れることはあきらめた。靴下に入らないからといってプレゼントをやめるわけにはいかない。大事なのは靴下に入れることではなく、プレゼントを置くことなのだ。

今度こそと、全員そっとエリの枕元に近づく。すやすやと眠るエリの寝顔に、全員が安《あん》堵《ど》し癒される。そしてそれぞれプレゼントを置こうとしたその瞬間、ベッドヘッドの天使の置物の目が赤く光った。何事かと唖然とする面々の前で、ベッドの両側から透明なシールドがシュンッと出たかと思うや否《いな》や、眠るエリをベッドごと包みこむ。

「なんだ？」

相澤が閉じこめられたエリを助け出さねばとシールドを開こうとするが、薄そうな見た目以上に頑丈《がんじょう》らしくピクリともしない。そうしている間に赤い目の天使の置物がふわりと浮かび上がった。

「シンニュウシャ、ハッケン。シンニュウシャ、ハッケン」

無機質なアナウンスのあと、突如《とつじょ》天使の置物からビームが発射された。

「はぁっ⁉」

全員、すんでのところで避《よ》けるが、ビームは放たれ続ける。狭い部屋の中を右往左往《うおうさおう》しながらてんでに口を開いた
「何なんだよ、これ⁉」

「知らないわよっ、そんなことよりエリちゃんは……っ」

エリはシールドの中ですやすやと寝ている。この騒ぎに目を覚まさないところを見ると、どうやら防音にもなっているようだ。13号がハッとする。

「そういえば、今日の職員会議の終わりに校長が言ってましたよね⁉　今日からセキュリティ強化しといたからね……って」

相澤たちはうろ覚えの記憶をたどる。会議終わりの校長の言葉、その続きを。

『あのね、今日からセキュリティ強化しといたからね……エリちゃんの部屋』

「言ってたー‼」

思い出した面々を代表するようにプレゼント・マイクが叫ぶ。

この天使の置物、ガーディアンエンジェルマシーンはパワーローダーが発目《はつめ》の玩具《おもちゃ》の猿《さる》を参考に改良したものだったが、この日に使うとは思っていなかったので現在こんなこと

になっているとは露《つゆ》知らず、地下迷宮でマシーン開発に勤《いそ》しんでいる。

「うおっ！」

「うわっ？」

ビームを避《よ》け続けて、なぜか全員、部屋の隅に追いやられたそのとき、アナウンスが変わった。「シンニュウシャ、ホカク、シンニュウシャ、ホカク」と言いながら素速く発射してきたのは強力にべたつく縄《なわ》だった。

「しまったっ……」

ガーディアンエンジェルマシーンは部屋と敵《ヴィラン》の人数を計算し、ビームでひと塊《かたまり》になるように追いつめておいて一挙に捕獲《ほかく》したのだ。

「ベタベタして取れねえ！」

「このままじゃプレゼント置けないじゃない」

その言葉に、エクトプラズムが自分の分身を一人出現させ、13号も何でも吸いこんで塵《ちり》にしてしまう〝個性〟ブラックホールを出す指先を向ける。

「壊スカ？」

「吸いこみます？」

「それはマズくないか？　校長が置いたものを」

エクトプラズムたちの提案にブラドキングが難色《なんしょく》を示す。プレゼント・マイクが「じゃあどうする？」と言うと考えこんでいた相澤が口を開いた。

「……壊さず、機能停止させてプレゼントを置くしかない」

捕獲して空中から自分たちを見張っているガーディアンエンジェルマシーンを警戒しながら、相澤がそっと囁《ささや》く。

「エクトプラズムがマシーンの気を引いている間に、13号がこの粘着縄《ねんちゃくなわ》を吸いこむ。縄がなくなったら、俺とブラドでマシーンを封じこめる。その間に……」

「プレゼントを置くってことね」

「オーケー！　任せとけYO！」

「そのあとは、二手《ふたて》に分かれたほうがよくないか？」

「我《われ》ガドアヲ、ハウンドドッグハ窓ヲ頼ム。ソレゾレ近イホウカラ出ヨウ」

作戦を確認し、全員小さく頷いた。その視線の先にいるのは安らかに眠っているエリだ。子供の夢を守る。その真剣な顔にはプロヒーローのプライドが浮かんでいた。

「お願いします、エクトプラズム」

相澤に応えるようにエクトプラズムが、一気に十数体出した分身でガーディアンエンジェルマシーンを取《と》り囲《かこ》む。それと同時に13号が身をよじり指先をパカッと開けた。

「いきますよ……！」

　だが、きつい体勢のせいで指がブレて、エクトプラズムの分身を断末魔《だんまつま》とともに吸いこんでしまう。分身なので命に別状はないが、死の恐怖を味わったエクトプラズムが後ろから13号に動揺した声で言った。

「……死ンダカト思ッタ……！」

「す、すいません～！　ピンポイントで狙うのが難しくて！　じゃあいきますよ……」

　吸いこまれれば一瞬で終わり。突然身近にあらわれた容赦《ようしゃ》ない刺客に、相澤たちは戦慄《せんりつ》した。

「慎重《しんちょう》になっ⁉　ほらもっとこっち側から狙ったほうが――」

「あっ、動かさないで……っ」

　プレゼント・マイクがよかれと思って動いた結果、13号はハウンドドッグのトナカイの角を吸いこんでしまう。顔面蒼白《そうはく》になりながら、ハウンドドッグが「……バウッ」と吠《ほ》えた。

「しっかり狙え……！　プレゼントだけ残って、俺たち全員消えたなんてことになったらシャレにもならないぞ⁉」

「は、はい……！」

「ちょっとブラド、13号にプレッシャーかけないでよ」

「オイ、早クシテクレ……！　アッ」

エクトプラズムの分身をすり抜けたガーディアンエンジェルマシーンが、未だひと塊になっている相澤たちを見下ろす。優しく微笑んでいるはずの天使の笑みは、暗がりのなかで下等生物を見下げる嘲笑《ちょうしょう》に見える。その様はさながら地獄の天使だ。

相澤たちが長い夜になることを予感して、唾《つば》を飲み下す。それを合図にしたかのように、すやすやと外の地獄など知らず眠るエリの横で血みどろの聖夜が始まった――。


エリが眩《まぶ》しさにベッドで目を覚ました。けれど、まだ眠さに勝てず寝返りを打ったそのとき、コツンと腕に何かが当たった。

「ん？　……わぁ……！」

枕元に置いてあったたくさんのプレゼントにエリの目が朝日のように輝く。いっぺんに目が覚め、急いでプレゼントを確かめて、夢じゃないとわかるとパジャマのまま部屋を飛び出した。そして共有スペースのソファにいた相澤に近づく。

「お、おはようございますっ」

「はい、おはよう」

「あのねっ、サンタさんが……あれ？」

エリが相澤に近づくと、ソファにはプレゼント・マイク、ミッドナイト、13号、エクトプラズム、ブラドキング、ハウンドドッグがぐで～と横になっていた。

あれからガーディアンエンジェルマシーンとの死闘をなんとか制し、プレゼントを置き、ついさっきまで部屋を原状回復していた先生たちだった。半端《はんぱ》ない疲労感に起き上がることさえできない。相澤は短い時間で泥のように眠り、なんとか起き上がっていた。

「おはよう、エリちゃん……」

「おはようございますっ……」

朝の挨拶《あいさつ》をすませたエリは、みんながやけに疲れている様子なのを不思議に思いながらも、逸《はや》る気持ちを抑《おさ》えきれず口を開いた。

「あのねっ、サンタさんが来てくれた……プレゼントいっぱいあったの……」

「……そうか、よかったね」

「……うんっ」

幸せがこぼれそうな満面の笑みを浮かべたエリの顔に、相澤たちは釣《つ》られたように頬を緩めた。ヒーローとして、そして大人としてやりきった先生たちは互いに健闘を讃《たた》え合《あ》う視線を交《か》わす。

本当の笑顔には、それだけで報《むく》われてしまうほどの威力《いりょく》がある。

エリの笑顔が、先生たちにとって最高のクリスマスプレゼントだった。

1-A 帰省物語 #2 蛙吹家の場合

護衛のプロヒーローに「よろしくお願いします」と挨拶《あいさつ》をしてから、蛙吹梅雨《あすいつゆ》は久しぶりの実家へと歩いていく。

五月雨《さみだれ》はさつきの面倒《めんどう》みてあげてるかしら？　宿題、ちゃんとやってるかしら？　そうそう、お父さんとお母さんが帰ってくる前に大掃除《おおそうじ》終わらせなきゃね。おせちはお母さんが買ってくるし、おそばは家にあるって言ってたし……。

これからやる作業を頭のなかで考えながら家に向かうのは、梅雨の習慣のようなものだった。寮に入るまでは、共働《ともばたら》きで出張の多い両親に代わり、梅雨が弟の五月雨と妹のさつきの面倒をみていた。頭のなかでやることを前もって整理していれば、効率よく進めることができる。そして、余裕ができた時間に集中して勉強をしていた。

まるで雄英《ゆうえい》入学前に戻ったような気分になって、梅雨はケロケロと小さく笑いを洩《も》らしながら玄関のドアを開ける。

「おかえり、姉さん」

「おかえり」

玄関で待っていたのは、エプロン姿の五月雨とさつきだった。

「ただいま。もしかして、おなかがすいてごはんでも作ってたの？」

「違うよ。トイレ掃除さ」

「あたしはキッチンよ」

腰に手を当てながら答えた二人に、梅雨は「ケロ」ときょとんとする。二人とも、お皿洗いくらいは手伝ってくれていたけど、お掃除はあんまりしなかったのに。

「大掃除はこのまえの日曜に父さんと母さんですませてあるよ。そばくらいなら僕たちで茹《ゆ》でられるから、姉さんは部屋で休んでたら？」

「でも」

「お茶とお菓子、用意してあるわ」

「いいから、ほら」

二人に背を押されて、梅雨は自分の部屋に入れられた。そっとドアから覗《のぞ》くと、二人はなんやかんやちゃんと掃除しているようだった。

「ケロ……」

家に着いたら、あれやこれやしなくてはと思っていたのに拍子抜《ひょうしぬ》けしてしまった。テーブルの上には今さっき淹《い》れたばかりのような湯気の立つお茶とお菓子がある。

（あの子たちも成長してるのね）

それを実感して、ほんの少しだけ寂《さび》しい気もした。寮に入るため、家を出るとき自分がいなくて大丈夫かとても心配だったから。自分の手を離れてしまったようで寂しいけれど、そのぶん嬉《うれ》しくもある。

「それじゃ、お言葉に甘えちゃいましょう」

淹れてくれたお茶とお菓子でホッと一息ついていると、携帯が鳴った。友達の万偶数《まんぐうす》羽《は》生子《ぶこ》からだった。

「もしもし、羽生子ちゃん？」

『梅雨ちゃん！　元気⁉　久しぶりね！　もう家に着いたの？』

「あら？　どうして帰省《きせい》してること知ってるの？」

『五月雨くんが教えてくれたのよ！』

久しぶりに話す羽生子とのお互いの近況報告は楽しくて、時間があっというまに過ぎた。学校のこと、友達のこと、最近ハマっていることなど話は尽《つ》きない。けれどそのとき、台所のほうからバシャンと大きな音がした。

「ごめんなさい、羽生子ちゃん、かけ直すわ」

通話を切ってあわてて台所に行くと、大きな鍋《なべ》が落ちていた。

鍋に入っていた水が零《こぼ》れたのか、あたりの床が水浸《みずびた》しになっている脇《わき》で、五月雨とさつきが呆然《ぼうぜん》と立ち尽くしていた。

「どうしたの？」

「鍋落とした……」

「思いのほか重かった……」

「おそばを茹でようとしたのね？　大丈夫、今やるわ」

梅雨が鍋を拾おうとすると、二人はシュンと肩を落としたままだった。五月雨の指先に絆創膏《ばんそうこう》が貼《は》られているのに気づく。それは、まるで料理を覚えたての昔の自分のようだった。

（がんばってたのね）

梅雨は二人の頭をよしよしと撫《な》でる。

「姉さん？」

「私、二人と一緒《いっしょ》におそば茹でたいわ。いいかしら？」

そう優しく笑う梅雨に、五月雨とさつきが顔を見合わせる。少し考えてちょっと嬉しそうに二人は言った。

「いいよ」

「いいわ」

梅雨は羽生子にワケを話し、またお話ししましょうねとお互い嬉しそうに約束し、三人で台所に立った。大きな鍋に火をかけ、そばつゆを用意し、具材を切る。水切りザルを用意し、器《うつわ》を並べる。率先《そっせん》して動く弟と妹を見ているうちに、梅雨は書初《かきぞ》めの宿題のことを思い出した。来年の抱負《ほうふ》を書くのだ。

(……『和』にしようかしら。この子たちが平和に暮らしていけるように、平和の『和』)

梅雨が微笑《ほほえ》んだそのとき、「ただいまー」と両親が揃《そろ》って帰ってきた。

「「「おかえりなさい」」」

久しぶりの一家勢揃いに、笑顔があふれた。

Part《パート》.3

ぎこちない年越しそば

「おかえり、焦凍《しょうと》！」

轟《とどろき》が玄関を開けて靴《くつ》を脱いでいたところで、家の奥からパタパタと小走りで姉の冬美《ふゆみ》がやってきた。濡《ぬ》れた手をエプロンで拭《ぬぐ》い、満面の笑《え》みを浮かべる冬美に轟は改めて言う。

「ただいま」

今日《きょう》は大晦日《おおみそか》。せめて年越しくらいは家族と過ごしてほしいと、それぞれプロヒーローの護衛つきで一日だけの帰省《きせい》が許されたのだ。

「今年は帰ってこられないんだろうなって思ってたから、ビックリしちゃった。おなか空《す》いてる？」

「いや……なんか作ってる？」

台所に近づき、漂ってくる様々《さまざま》な匂《にお》いに轟が鼻を鳴らす。

「うん、おせちを……あっ、沸騰《ふっとう》しちゃう！」

冬美は思い出したようにハッとし、台所に駆けていく。轟が覗《のぞ》くと、鍋《なべ》の火を止めて一息ついていた。テーブル兼《けん》作業スペースにはすでにできあがっている黒豆や田作《たづく》り、栗《くり》きんとん、伊達巻《だてまき》などがあり、そういえばおせち作りは毎年の恒例《こうれい》行事だったことを思い出した。

「こら、まず手を洗ってうがいでしょ」

つやつやと黒光りしている黒豆につい手が伸びた轟に冬美が言う。「わかった」と洗面所に向かう途中で声をかけられた。

「おなか空いてるなら何か作るよ」

「いや、お母さんと食べてきた」

実家に戻ってくるまえに、轟は許可を得て母親の冷《れい》が入院している病院へ寄ってもらった。寮制になってからなかなかお見舞いに行けないので、この機会を逃《のが》したくなかったのだ。母親は順調にいけば退院できる日も近いほどに回復している。

轟は手洗いとうがいをしながら、病院内の食堂で二人でご飯を食べたときのことを思い返した。

穏《おだ》やかな母親の顔。他愛《たわい》ない会話をしながら、そういえば二人でご飯を食べるなんて何年ぶりだろうと思ったこと。あったかくないそばが売りきれていて迷っていたら、母親がビーフシチューを選んだこと。自分はかつ丼《どん》を選んだこと。かつ丼とビーフシチューが好きな友達がランチで毎回それを頼むこと。補講《ほこう》に通って、やっと仮免《かりめん》を取れたこと。別れ際《ぎわ》、母親が「私もがんばるね」と言ってくれたこと。

「……俺も、もっとがんばる」

鏡を見ながら、轟は呟《つぶや》く。小さい頃《ころ》、テレビで見たあの圧倒的なヒーローになるために。それが母親を追《お》い詰《つ》めた父親を憎むあまり、何年も遠回りしてしまった自分の道だと気づいた。だから、あとはまっすぐ走ればいい。

台所に戻ってきた轟は、一つ黒豆をつまんで口に放りこんだ。気づいた冬美がしょうがないなぁという顔で「美味《おい》しい？」と聞いてきたのに頷《うなず》く。

「よかった。あ、今日、夏《なつ》も帰ってくるよ。……お父さんも」

「……ん」

否定とも肯定《こうてい》ともつかない返事をする轟に、冬美は少しだけ困ったように微笑《ほほえ》む。そんな冬美を気遣《きづか》うように轟は口を開いた。

「なんか手伝う？」

「いいよ、せっかく帰ってきたんだからゆっくりしなよ」

手持無沙汰《てもちぶさた》な顔をする轟に、冬美は笑った。

「じゃあ焦凍のお布団《ふとん》、部屋の窓に干《ほ》しといたから取りこんでくれる？」

「わかった」

「ただいまー」

そう言って玄関を開けた夏雄《なつお》の目に、見慣《みな》れない靴が目に入る。

（あ、焦凍のか）

冬美から焦凍が帰省することを知らされていたため、すぐに気づいた。ローファーの学生靴。目立たないけれど、ところどころ汚《よご》れていたりするそれをじっとみつめた。

「おかえり、夏！　どうしたの？」

パタパタとやってきた冬美に声をかけられ、夏雄は少しハッとして顔をあげながら靴を脱《ぬ》いで家へと上がる。

「なんでもない。焦凍、もう帰ってきてんだね」

「うん。……あれっ、そういえば遅いなぁ」

「どうしたの」

「干しといたお布団取りこんでって言ってから、けっこう経《た》つなぁって」

不思議そうに部屋の方向を見た冬美に、夏雄が言った。

「俺があとで見てくるよ」

「ありがと。……あれ？　彼女、連れてくるかと思ったのに？」

わざとらしく夏雄の背後を見やるフリをして、からかうように冬美が言う。

夏雄は「も〜！」と照れくさそうに顔をしかめた。

「彼女も実家で年越しするんだよ。……でも、初詣《はつもうで》は一緒《いっしょ》に行くけど」

すると今度は冬美が照れくさそうに「もーっ」とむず痒《がゆ》そうな顔をする。

「初々《ういうい》しくてこっちが照れちゃう！」

「なんだよ、そっちが訊《き》いといて」

「いいからほら、手洗いとうがい」

「わかってるってば」

台所に向かう途中で、冬美が「あ、それと……」と一息置いて、いつものようになにげなさを装《よそお》って言った。

「今日お父さん、仕事終わったら早めに帰ってくるって。ご馳走《ちそう》いっぱい買ってくるって言ってたよ」

「……俺、あいつが帰ってくる前には行くから」

「夏……」

夏雄の反応を予想していたように、冬美の顔が曇《くも》る。姉の悲しそうな顔に胸がチクリと痛んだけれど、それでも自分の言ったことを変える気はなかった。

「ごめん……」

「……とりあえず年越しそばは食べるよね？　手打ちだよ」

気まずい空気を繕《つくろ》うように、冬美が明るく笑って腕まくりしてみせる。夏雄はそんな姉の気遣いにホッとして全力で乗っかった。

「姉ちゃん、そば打ち職人になれんじゃないの？」

「近所のおそば屋さんに筋《すじ》がいいって褒《ほ》められた」

軽口《かるくち》をたたきながら、夏雄は洗面所で手洗いとうがいをすませて、奥の部屋と進む。

障子《しょうじ》を開け足を踏み入れると微《かす》かに線香の香りがした。仏壇《ぶつだん》のあるこの部屋は、いつでも静かで時が止まっている。写真に写る兄・燈矢《とうや》はいつまでもあの頃のまま閉じこめられているような気がした。

「……あれ」

夏雄は線香をあげようとして、香炉《こうろ》のなかに燃え残りの線香があるのに気づいた。

（焦凍か……？）

線香をあげてくれたのかと、ふと感慨深《かんがいぶか》い気持ちになった自分に眉《まゆ》を寄せた。家族なんだから当たり前だろうという気持ちの半面、家族と呼ぶことにざらざらとした抵抗がある。

ウチは、普通の家族じゃなかった。

「燈矢兄《にい》、ただいま」

線香をあげた夏雄は、その足で焦凍の部屋へと向かった。あまり足を踏み入れたことのないその部屋のふすまの前に立ち、うかがうように声をかけた。

「……焦凍？」

返事はない。いないのかと思い、念のためふすまを開ける。すると、無造作《むぞうさ》に置かれた布団の上で焦凍が寝ていた。起こさないようにそっと近づいて覗きこんだ顔は、思いのほか幼く見えた。

「――……」

火傷《やけど》のあとは爛《ただ》れ、影のように張りついている。

自分のことしか見えていないエンデヴァーに追い詰められた母親が、熱湯を浴びせてしまった。泣き叫ぶ二人の悲鳴を忘れることなどできるはずもない。

どんなに痛かっただろう。

火傷のあとに無意識に伸びかけた指をきつく握《にぎ》りこむ。両親から半々に〝個性〟を受《う》け継《つ》がなければ、こんな痕《あと》が残ることもなかったのに。

一緒に、普通の兄弟のように遊んでいたかもしれないのに。

なのに、俺は。

あの当時、夏雄は小学生だった。父親であるエンデヴァーは家庭を顧《かえり》みずただ自分の理想を追い求め、幼《おさな》い焦凍にそれを押しつけた。それが虐待《ぎゃくたい》のようになる前までの自分のことを思い出すと、どうしようもなく腹立たしくて情けない気持ちになる。

焦凍が生まれる前までは、どこかで父親を求めていた。自分を見てほしくて、かまってほしくて、父親がいるときはそわそわして落ち着かなかった。求めたものは結局与えられず、落胆《らくたん》する日々に次第《しだい》に慣れていったのは優しく包んでくれた母親がいたからだ。けれど、その母親も焦凍が生まれてからは遠ざかった。一番幼い我が子を、虐待ともとれる指導をする父親から守るためなのは夏雄も肌《はだ》で感じていた。けれど、子供だった夏雄は母親をとられたとも思ってしまった。

あのとき泣き叫ぶ二人を見たあと、そんな自分が恥ずかしくてたまらなくなった。

幼く見える寝顔を見ているのが居たたまれなくなり、夏雄はそっと部屋を後にして台所に戻った。

「夏、焦凍は？」

「……寝てた」

「あら、疲れてたのかなぁ。あ、ねえ重箱《じゅうばこ》取ってくれる？」

その様子《ようす》を想像したのか、微笑んだ冬美に言われ、夏雄は戸棚《とだな》から重箱を取り出し渡す。

そのまま鍋の様子を見たり手伝いながら、夏雄はふと呟いた。

「――俺たち、なんでエンデヴァーの子供に生まれちゃったんだろ」

「ええ？　……難しい質問するなぁ」

冬美は作業しながら困ったように笑う。

「だってさ、そうじゃなかったら普通に仲良く暮らしてたかもしんないのに」

「夏……」

「わかってるよ、普通の家だっていろいろあることくらい。でも、でもさ……あいつが母さんの〝個性〟が欲しくて結婚したからこんなことになったんだ。なのにあいつ……っ」

言っているうちに怒《いか》りが湧《わ》いてくるのがわかって、夏雄は口を閉じた。これじゃ八つ当たりと同じだ。怒りをぶちまけたかった相手はここにはいない。ぶちまけたところで、きっと相手にもされやしないだろうけれど。

怒りと悔《くや》しさを飲みこんで、夏雄は繕うように大げさに笑った。

「やめた！　あいつの話するだけで腹立って、腹減ってきた！」

そう言って出してあった伊達巻を一つ口に入れる。

「ん！　やっぱ姉ちゃんの伊達巻うまい」

冬美の心配そうだった顔がホッと笑顔になる。

「そりゃあ、お母さんのレシピだもん。ほら、食べてないで重箱に詰めて」

「はーい。伊達巻、ここでいいの？」

「うん、そこ。……伊達巻はね、巻物みたいだから学業成就《じょうじゅ》とかの意味が込められてるんだけど、お母さんの実家では丸く巻いてるから家庭円満も願ってるんだって。だから毎年、これは気合《きあい》入れて作ってるんだ」

そう言って冬美も伊達巻をカットした端《はし》っこをつまんで食べた。「うん、おいしい」と頷く冬美に夏雄は言葉に詰まる。

「何かあった？」

なにげなく訊かれ、夏雄は止まっていた手に気づき、伊達巻をそっと重箱に詰めていく。柔《やわ》らかい伊達巻が崩《くず》れないように。

「何もないよー」

「本当？」

「ほんとだってば。子供じゃないんだから」

ごまかそうとして言った自分の言葉に、夏雄は小さくハッとした。

自分が子供だったあの頃。焦凍はもっともっと子供だった。

「………姉ちゃん、俺、ときどきさ……焦凍があいつに虐待みたいにされてたとき、もっとちゃんと止めればよかったなって思うんだよね……」

振り向いた冬美に夏雄は、暗くなりそうな空気を払うように、「ほら」と大げさに少し眉を寄せて続けた。

「焦凍はまだほんとに子供だったから、逃げたくても逃げられるわけなかったじゃない。あいつに俺たちなんかどうでもいいように扱《あつか》われて、おもしろくなかったけどさ、焦凍がされてたことに比《くら》べたら全然大したことない――」

そこまで言いかけたとき、菜箸《さいばし》を置いた冬美の手が夏雄の頭をポンポンと軽く叩《たた》く。

「姉ちゃん？」と戸惑《とまど》う夏雄に冬美は続けた。

「夏だって辛《つら》かったでしょ。……自分の辛さを、誰かと比べなくていいの」

真剣で優しい目に、夏雄はぐっと唇《くちびる》を噛《か》みしめた。昔から、ずっと一緒にいた姉の前では嘘《うそ》をつけない。

辛かった。それでも、俺は焦凍のお兄ちゃんだったのに。

「夏兄？」

突然声をかけられ、夏雄が振り向く。まだ眠そうな目をした焦凍が台所の入り口に立っていた。冬美が夏雄の頭を撫《な》でているのを見て、不思議そうな顔をしている。

「おう、起きたか。さっき部屋まで行ったんだぞ。な、姉ちゃん！」

あわてて取り繕い目《め》配《くば》せすると、冬美は小さく苦笑した。

「あんまりすやすや寝てたから起こせなかったんだって」

「全然気づかなかった」

ふあ……と小さく欠伸《あくび》をして「起こしてくれてよかったのに」と言う弟に、夏雄はごまかせたかと内心ホッとする。「俺も手伝う」と台所に入ってこようとする焦凍に、思いついたように冬美が言った。

「台所はいいから、二人で池の鯉《こい》にエサあげてきてくれない？」


弟たちの「エサをあげるだけなら一人でいいんじゃ……」という意見は、なんやかんや理由をつけて無視され、夏雄と焦凍は二人で庭に出てきた。

（姉ちゃんめ……）

冬美の、弟たちに親睦《しんぼく》を深めてもらいたいという魂胆《こんたん》がわかり、夏雄はどうしたもんかと顔をしかめる。焦凍は黙ってあとをついてきていた。

面と向かって話したことなど、数えるほどしかない。焦凍の好物がそばだということも、このまえ知ったばかりだ。同じ家に暮らしていたのに、子供のときのことが後ろめたくて、生きている弟の部屋より亡《な》くなった兄の部屋に入るほうが多かった。

どう接していいのか、未《いま》だによくわからない。なるべく普通にと思っている時点で、それはもう普通じゃない。

(普通じゃない家族だったから、当たり前か)

ふとそんなことを思って、小さく笑うと力が少し抜けた。

「夏兄？」

きょとんとした声に振り返ると、不思議そうな顔で見てくる焦凍がいる。昔はもっと暗い目で、周囲のすべてを拒絶《きょぜつ》するような空気を発していたのに、いつのまにかガラリと変わった。

『雄英《ゆうえい》に入って、お友達ができたんだって』

お見舞いに行ったとき、母親がそう嬉《うれ》しそうに教えてくれた。その友達が、焦凍の何かを変えてくれたのか。そう思うと、一度その友達に会ってみたい気もした。

「……いや、なんでもない」

その友達のことを聞こうかと思ったが、改まって聞くのもヘンな気がして夏雄は笑ってごまかす。

池に行くと、エサをくれると思っている鯉たちがいっせいに足元に集まって、口をパクパクさせた。

「腹減ってんだな」

その様子を見て、神妙な様子でそういう焦凍。二人で池の近くにある物置のなかへエサを探しに入っていく。物置にしてはわりと広いそこには、庭の手入れをする機械や道具などのほかに、今ではあまり使わなくなったものなどをしまっていた。

「えーと鯉のエサは……ん？」

夏雄はエサの近くに懐《なつ》かしいものをみつけた。

昔、よくみんなで遊んでいたボール。サッカーをしたり、ボール投げしたり。古びていたけれど、凹《へこ》んでもなくまだ遊べそうだった。

（……そうだ）

ボールを手にした夏雄はふと思いついて振り返った。あまり入ったこのとなかった物置を珍しそうに見ている焦凍に向かい、声をかける。

「焦凍！」

同時にボールを投げた。

「えっ……」

軽く驚かせてやろうとふざけて投げたボールに、焦凍は目を見開き驚く。雄英で鍛《きた》えているのなら目をつぶってでも取れるだろうと思って投げたボールは、キャッチされずに弾《はじ》かれてしまった。予想外のことにポカンとなる夏雄の前で、焦凍は戸惑うように飛んでいったボールを追っていく。あわてて追いかけた夏雄が「あっ」と声をあげる。ボールをつかもうとした焦凍が池に落ちかけている瞬間だった。

ザブンッ！

横倒しで落下した焦凍がすぐさま「ぷはっ」と立ち上がる。少し情けなさそうに眉尻《まゆじり》をわずかに下げて濡れた自分の姿を見ているその様子は、あまりにしょぼくれている。

「……ッ」

思わず吹き出してしまった夏雄に焦凍が「夏兄……」と眉を寄せた。

「悪い悪い、ほら」

夏雄が差し出した手を焦凍がつかむ。だが引き上げようとした瞬間、濡れた手と、水中の苔《こけ》のせいで足が滑《すべ》った。

「わっ……!?」

「池に落ちた⁉　もう何やってたの！　ほら、早くお風呂入って！」

ずぶ濡れになって戻ってきた二人を見た冬美は、風邪《かぜ》でもひいたらどうするのと急いで風呂を沸《わ》かした。否応《いやおう》なしに二人で風呂場に行き、冷《ひ》えた体にパパッとシャワーを浴びて湯船に浸《つ》かった。風呂はいっぺんに五人入っても余裕がある。

「はー……っ」

お湯で体が弛緩《しかん》し、思わず声が出る。

「まさか大晦日に池に落ちるなんてなー」

「ごめん」

「謝《あやま》んなよ、俺がいきなり投げたのが悪いんだからさ」

「いや……うん」

なぜか言いよどむ焦凍に、夏雄のなかに気まずさが蘇《よみがえ》る。

(そうだ、俺のせいだって言ってくれてもいいのにな)

間《ま》を埋《う》めるように夏雄は顔に湯をかけた。そして二人で風呂に入るなんて初めてだったことに気づく。幼い頃は、母親と兄姉と一緒に入っていた。少し大きくなってからは兄姉と自分だけで。その頃はもう母親は焦凍と一緒に入っていたから。そのとき、焦凍がぽつ

りと呟いた。

「……夏兄と風呂入んの、初めてだ」

同じことを考えていたことに夏雄は驚きながら「そうだな」と応《こた》える。

「……寮の風呂って大きいんだろ？」

「この倍以上ある」

「みんなでわいわい入んのも楽しそうだな」

「普通かな、もう慣れた。……頭とか洗っちゃったほうがいいよね？」

すでに夕方なので、夜にもう一度風呂に入るのは面倒だという焦凍に夏雄も「そうだな」と同意して、先にシャワーを使っていいと勧《すす》める。湯船を出た焦凍はすぐ前の洗い場で、風呂椅子《いす》に腰かけ頭を洗いはじめた。視界に入る焦凍の背中を、何の気なしに見る。筋肉がついたその体は、日々の訓練を雄弁に物語っていた。

（――雄英でがんばってんだな）

プロヒーローを目指《めざ》している弟のことを、素直《すなお》にすごいなと思う。身内にあんなプロヒーローがいて、酷《ひど》い目にあって、それでも同じ職業を目指している。

冬美に背中を押され、夏雄もやっと自分の夢に向かって進みはじめた。母親のような心が傷ついた人たちをサポートしたい。

進みはじめてわかった。

夢に向かって進みはじめるのは勇気がいる。進み続けるには揺るぎない覚悟がいる。

そんな道を、焦凍はとっくに進んでるんだ。

そう思うと兄として少し情けないような気がした。けれど、同時に誇《ほこ》らしくもあった。

そう感じた自分を認識すると、胸のなかのザラザラしたものが溶《と》けていくのがわかった。

夏雄はシャンプーを流し終えたばかりの焦凍に向かって言った。

「焦凍、学校楽しいか？」

「え、なんか言った」

水滴を拭いながら少し振り返る焦凍に夏雄は再度同じ質問をする。

「学校楽しいかって」

単純に聞いてみたかった。聞いても聞かなくてもかまわないことだけれど、他愛のない話をしてみたくなったから。

「……楽しいのとは少し違う。訓練は厳しいし、授業もびっしりあるし」

「そっか、そうだよな」

「でも、だからいいんだ」

そう言う焦凍の顔はどこか楽しそうだった。夏雄も自然と笑っていた。

「そっか！」

「夏兄こそ、大学は」

「大変だよー！　でも楽しい！」

「彼女できたって姉ちゃん言ってた」

「っ、姉ちゃん、よけいなことを……」

いきなり話題に出され、照れくさそうにお湯に半分顔を沈める夏雄を見て焦凍が小さく笑う。その顔が嬉しくて夏雄はお湯のなかで笑みを深めた。ぷはっと顔を出し、体を洗いはじめる焦凍に声をかける。

「焦凍は？　そんな子いないのか？」

「いない」

「まぁそれだけ忙しかったらなぁ。あ、じゃあ友達は？　どんなヤツと仲いいんだ？」

轟は体を洗う手を止めて考えはじめた。夏雄がそんな真剣に考えなくてもと言おうとしたとき、口を開く。

「緑谷《みどりや》と飯田《いいだ》かな。昼飯《ひるめし》はだいたい一緒に食ってる。一緒に勉強したりもしてるし」

「へえ」

「爆豪《ばくごう》とは、補講に一緒に行ってたから仲いいと思ってたけど、違うみてえだ」

「ん？」

（ケンカでもしたってことか？）

焦凍の答えに、夏雄が首をかしげる。それからほかのクラスメイトのことなどもポツリポツリと話してくれた。夏雄は話が聞けてよかったと思いながら、湯船に入ってくる焦凍と交代で洗い場に移動する。軽い気持ちで言った。

「でも、さっきのボールくらい、ちゃんと捕《と》れないとな」

その言葉に焦凍が小さく反応した。そして少しだけ恥ずかしそうに言う。

「……驚いたんだ。あのボール、夏兄たちが昔遊んでたボールだったから。……いつもまざりたいなって思って見てたんだ」

その告白に、夏雄は胸がしめつけられた。浮かびそうになる涙をシャワーでごまかす。止めるまえに、誘えばよかったんだ。一緒に遊ぶぞって。

夏雄は乱暴に頭を洗い流し、振り返って笑った。

「風呂出たらサッカーでもやろうぜ」

「え、風呂上りに？」

「汗かいたら、また入ればいいだろ」

焦凍が返事をしようと口を開きかけたそのとき、脱衣所の戸が開く音がした。曇ったガラス戸の向こうにぼやけた冬美の姿が現れる。

「夏、焦凍、姉さんちょっと出てくるから！」

「え、なんで⁉」

「頼んでたおもち、受け取りにいくの忘れてたの！」

そう言って冬美の姿があわただしい足音とともに消えていく。

突然のことに啞然《あぜん》としていた夏雄と焦凍だったが、とりあえず風呂から上がることにした。着替えて台所に行くと、おせちは完成していた。大きな鍋にはさっきまで火がかけられていたのか、お湯がはられている。隣の中くらいの鍋には、いい香りのそばつゆが入っていた。そして、テーブルの上に大きなこね鉢《ばち》や、そば粉、めん棒などがある。

「そば打つとこだったんだな」

そう言う夏雄の隣で、焦凍の目がそば打ちセットに釘付《くぎづ》けになっていた。焦凍の表情は乏《とぼ》しいが、ときに雄弁になることを知った夏雄はサッカーに誘うのを断念した。

「サッカーはまた今度にしよう」

「え」

「だって、そば打ちたいんだろ？」

その言葉に焦凍は遠慮がちに頷く。夏雄は笑って言った。

「そば大好きだもんな。ほら、姉ちゃん帰ってくるまえに打って、驚かせてやろうぜ」

「……うん」

二人で腕まくりをして、いざそばを打とうと意気ごみそば粉に向かい合う。夏雄は焦凍のサポートをするつもりだった。だが、少し待っても焦凍は固い面持《おもも》ちで動かない。

「焦凍？　打たないのか？」

「……打ちたいと思ってたけど、打ったことない。夏兄は？」

「俺もないよ！　え、初心者二人で打てるもんなの？　ちょっと待ってろ、今ググる」

携帯でそば打ちの方法を調べてみると、やはり初心者には難しそうだった。

「十割は難しそうだから、二八でやってみるか」

「いや十割がいいと思う」

「でも難しいって」

「そばは十割がうまいから」

焦凍のなかの譲《ゆず》れない何かを感じ、圧《お》されるように夏雄は十割で承知した。なるべく簡単そうなそば打ち動画を探して、それを見ながら進めていく。

「水回しが一番大事らしいからな……行くぞ、水入れたら素早《すばや》く全体に行き渡らせるんだぞ」

「わかってる……お」

「うわっ、粉飛ばすなよ！　力入れすぎだってっ」

「夏兄、そば粉足《た》して」

「こんくらいか……あっ、やべ、計《はか》るの忘れてた！」

「あ」


「ただいまー。ごめんね、遅くなって……どうしたの？　二人とも」

冬美がおもちを買って帰ってくると、台所で夏雄と焦凍が立《た》ち尽《つ》くしていた。

「姉ちゃん、ごめん……」

「そば、失敗した……」

テーブルの上にあるのは、ザルに盛られた謎《なぞ》の物体。そばの色をしているが、麺《めん》ではなくぶちぶちしている物体としかいいようのないものだった。

「……もしかして、二人で作ったの⁉」

頷く二人の傍《かたわ》らには、空《から》になったそば粉の袋があった。

SMASH
MY HERO ACADEMIA

「ははぁー」

どうしたらこうなるのだろうと感心すらしている冬美の前で、弟たちはまるで叱《しか》られるのを待っているかのように眉尻を下げている。

冬美を見る目は、捨てられた子犬のようだ。

「俺が分量失敗して……」

「俺も水回し何回やってもできなかった……」

シュンとする弟たちを見て、冬美は苦笑した。

「いいよ、失敗しちゃったものはしかたない。これ食べよ」

「ええ!?　ウソだろ！」

「だって中身はそばでしょ。そばがきみたいなものだと思えばいいじゃない」

「年越せないよ、これじゃ！」

「だって、もうそば粉ないじゃない」

「……そば」

悲しそうに呟いた焦凍の声に、顔を見合わせ冬美と夏雄は思わず吹き出した。

「ほんっとそば好きだなー」

「ねー」

二人に笑われて、「なんだよ」と眉を寄せた焦凍だったが、やがて二人につられるように笑みを浮かべた。

テレビのある和室にザルに盛ったそばがきのようなものと天ぷらなどとともにお刺身《さしみ》を並べ、食卓につく。

「それにしても……お父さん、遅いなぁ」

そろそろ帰ってきてもいい時間なのに、父親であるエンデヴァーはまだ帰ってきていなかった。

「どうせ仕事だろ。さっさと食べちゃおうよ。あいつが帰ってくるまえに俺、出るし」

そっけなく言う夏雄に冬美は困ったように眉尻を下げたが、弟たちのお腹《なか》の音を聞いて「じゃあ食べちゃおうか」と先に食べることにした。

「「「いただきます」」」

年末の賑《にぎ》やかな特別番組を流しながら、それぞれ箸《はし》をつける。

「ん！　ん～」

好物の刺身を食べ、満足そうな声を出す夏雄に冬美が言う。

「やっぱり魚吉《うおよし》さんのお刺身は新鮮でしょ」

「最高！」

いつもお刺身を頼んでいる近所の魚屋の刺身に満面の笑みを浮かべる夏雄のとなりで、焦凍はそばがきのような物体を齧《かじ》る。納得《なっとく》いっていないような顔に冬美は苦笑して、明日《あした》、帰る前にそばを打って持たせてあげようと思った。

（お父さんにそば粉買ってきてもらおう）

冬美がそんなことを思ったとき、テレビのなかの番組司会者が驚いたような声をあげた。

『ここで緊急ニュースです！　静岡《しずおか》タワーに巨大なゴリラが出現！　どうやら数日前、留置所から逃走した、キングコングが〝個性〟の敵《ヴイラン》かと思われます！　中継が繋《つな》がったようです！』

突然切り替わった画面に、冬美たちが注目する。画面では、地上から撮っている静岡タワーに巨大なキングコングが上り吠《ほ》えていた。

「やだ、けっこう近くじゃない。大丈夫かしら」

心配する冬美だったが、キングコングの手元にズームアップしていく映像に「ん？」となる。誰かがキングコングにつかまれていた。

『こちらリポーターの佐藤《さとう》です！　大変です、敵《ヴィラン》が人質を手に――……これは……エンデヴァー⁉』

「お父さん⁉」

「ブッ！」

ズームアップすると映し出されたのは、エンデヴァーだった。驚く冬美の前で、夏雄が口の中に入れたばかりの刺身を思わず吐き出す。

「何やってんだ⁉　アイツ！」

『捕《つか》まっているのはエンデヴァーです！　しかし、なぜ反撃しないのか……ん？　手に何か持っているようですね……？』

エンデヴァーが両手に持っているのは、たくさんの紙袋だった。

『あぁっ！　敵《ヴィラン》がエンデヴァーを握《にぎ》り潰《つぶ》そうとしているようです！』

さらにズームアップするカメラが、苦しそうなエンデヴァーを捉《とら》えた。

『くっ……こうなったらしかたない……！』

そう叫んだエンデヴァーがパッと紙袋を落としたかと思うや否《いな》や、バッと自身を発火させる。

『プロミネンス……バーン‼』

カメラに向かって落ちてくる紙袋から肉や蟹《かに》や新巻鮭《あらまきざけ》や葛餅《くずもち》などなどが飛び出し、直後エンデヴァーの炎に飲みこまれた。張りきって買ったご馳走は瞬時に炭になる。

『ウホォッ……⁉』

炎に包まれた敵《ヴイラン》が倒れた。

『エンデヴァー、一撃で敵を倒したぁー！　今年最後のナンバーワンヒーローの雄姿、ご覧《らん》いただけましたでしょうか⁉　しかしなぜかエンデヴァーは浮かない顔をしております！　なかなか減らない犯罪を憂慮《ゆうりよ》しているのでしょうか……⁉』

エンデヴァーの視線はご馳走の成《な》れの果《は》てに注《そそ》がれている。浮かない顔の原因を知るのは、轟家の子供たちだけだった。

「……とりあえず、無事でよかったよ～」

安堵《あんど》する冬美。「なにやってんだよ」と軽蔑《けいべつ》混じりのあきれ顔の夏雄の隣で、画面から視線を戻した焦凍はそばがきのような物体を見た。

「そば……」

まだ納得のいっていない顔に、夏雄と冬美が笑う。

「夏、お父さん遅くなりそうだし、ゆっくりしなよ。ね？」

夏雄が冬美に促《うなが》されて隣を見ると、頷く焦凍がいた。むず痒いような気持ちのまま、ためらうふりをして口を開く。

「……ん～、じゃあもうちょっといいようかな」

「それじゃ、私、お酒でも呑《の》んじゃおうかな。大晦日だしね、ちょっとだけ。お父さんがいい大吟醸《だいぎんじょう》いただいたの」

パタパタと酒をとってきた冬美に、夏雄がその酒を注《つ》ぐ。

「今年もお疲れさま！　いつも家のこと、ありがとね」

「いいえ～。早く夏雄も呑めたらいいのになぁ」

「来年まで待ってよ。いつか焦凍とも呑みたいな」

「うん」

「あ、このそばがき、お酒と合う」

「姉ちゃん、一応、それ年越しそば目指したヤツだからね？」

「そばと酒って合うの」

「合うよー。……退院したら、お母さんとも呑みたいな」

一口二口でほんのり酔いはじめた冬美が、幸せそうに笑って言った。

「……きっともうすぐだよ」

そう言った夏雄は、少し考えて続ける。

「焦凍、そのときは今度こそうまい手打ちそば作ろうな」

「……うん」

小さく、けれどしっかりと頷いた弟に夏雄と冬美は頬を緩《ゆる》める。

テレビはまた賑やかな特別番組に戻った。

穏やかな轟家の大晦日がゆっくりと過ぎていく。

いつの日か、こんな時間が日常になるようにと願いながら。

1-A帰省物語 #3 麗日家の場合

大晦日《おおみそか》に帰省《きせい》した麗日《うららか》お茶子《ちゃこ》は、夜遅くまで家族で楽しく過ごした。仲良し家族の話は尽《つ》きず、そのなかでお茶子が一番嬉しかったのは、父親の建設会社の経営が少しずつラクになってきたと嬉《うれ》しそうに話す両親の笑顔だった。

そして翌日の元旦《がんたん》。地域の恒例《こうれい》行事のもちつきに参加していた。

「おっしゃああ！」

「おっ、いいぞ、お茶子ちゃん！　腰が入ってるわ！　こりゃ粘《ねば》り強《づよ》い美味《うま》いもちがつき上がるわ～」

近所のおじさんと組み、手袋をしたお茶子が力強くぺったんぺったんともちをつく。

「任《まか》せといてっ、おりゃああ！」

「うわぁ、お茶子ちゃんすごーい！」

見ていた近所の子供たちが歓声をあげる。おもち好きのお茶子のもちつきにいっさいの妥協《だきょう》はない。

そしてできあがった湯気の立つおもちを、近所の人たちが手早くのばして食べやすい大きさにちぎって丸め、きなこやあんこ、砂糖醤油《じょうゆ》、大根おろしなどなどのおもちにしていく。みんなで和気あいあいとおもちを食べる。

「ん～！」

よくのびるおもちをきなこで食し、お茶子が満足そうな声をあげた。一緒《いっしょ》に「ん～！」と美味《おい》しそうに食べていた近所の子たちが、「あっ」と思い出したように心配そうな顔で「ねえねえお茶子ちゃん！」と声をかけてくる。

「バクゴーにいじめられたりしてない？」

「へっ？　してへんよ⁉　なんで？」

「だって、体育祭でバクゴーにめっちゃいじめられてたやん！」

突然、爆豪《ばくごう》のことを言われ驚いたお茶子が、「……あぁ！」と納得《なっとく》する。子供たちは体育祭でお茶子が爆豪と戦って惨敗《ざんぱい》したときのことを言っていたのだ。容赦《ようしゃ》ない攻撃をしてきた爆豪と寮で共同生活しているのを心配しているようだった。

「……あれはいじめられてたんちゃうよ。ちゃんと戦ってくれたんよ」

「そうなの？」

「うん。負けちゃって悔《くや》しかったけど、手加減されたりするよりずっといい！　負けたから、もっとがんばろうって思えたんだ。それにね、爆豪くんもいいとこもあるんよ？　口はすっごく悪いけど！」

「いじめられてないんならよかった！　でも口悪いんはあかんね」

「そうやねー。でも口悪くない爆豪くんは爆豪くんちゃうな」

それからお茶子はおもちのすべての種類を制覇《せいは》し、二周目に突入した。両親に呼ばれ、間に座る。

「やっぱりお茶子がついたもちは粘りが違うなぁ！」

「筋肉ついたもん！」

「がんばってんなぁ」

誇らしげに力こぶをつくるお茶子の腕を、母親が服の上から触《さわ》って確かめる。誉《ほ》めてもらえたのが素直《すなお》に嬉しく、お茶子は「へへ」と笑った。

「そういえば、冬休みの宿題はちゃんとやってるか？　いつも最後のほうにあわててたからなぁ」

「だ、大丈夫！　ちゃんとやってるよ。……あ、でも書初《かきぞ》め、忘れてた」

「なんや、小学生の宿題みたいやな」

「相澤《あいざわ》先生が、冬休みでも気を緩《ゆる》めすぎないようにって。お題は来年の抱負《ほうふ》。なんにしよ？」

「俺やったら商売繁盛《はんじょう》やな」

「私は家内安全やわ」

「焼肉定食もええな」

「お父ちゃん、自分が食べたいだけやん！」

お茶子は笑いながら、ふと出久《いずく》は何と書くだろうと考えた。

（『努力』？　それとも『さらに向こうへ《プルスウルトラ》』？　あ、いや『オールマイト』とかだったりして）

笑《え》みをこぼしたお茶子に、両親が「どうしたん」と訊《き》く。

「いや、なんでもない」

その嬉しそうな表情に、母親が反応する。そして少しこそっと訊いた。

「勉強もええけど、好きな子とかおらんの？」

「はえっ⁉」

カッと赤くなったお茶子の反応に、母親が「あら」と笑《え》みを深くする反対側で、父親の顔色が青くなる。

「お、お茶子、まさか……もうそういうヤツが……？」

「お、おらんよ！　おるわけないやん！」

お茶子がムキになればなるほど、父親がガーンとショックを受けた。

「彼氏……挨拶《あいさつ》……結婚……！」

脳内でお茶子の未来が勝手に進んでいき、父親の目にぶわっと涙が浮かんだ。

「お茶子……まだ嫁にいくのは早いやろ……‼？」

「お父ちゃんこそ早とちりしすぎや!!」

「なに⁉　お茶子ちゃん、結婚すんのか！」

「結婚⁉　誰と！　おっちゃんが面接したる！」

父親の声に気づいた近所の人たちが、驚いて集まってくる。

真《ま》っ赤《か》になったお茶子が「せぇへんよ⁉」と反論し、母親が「あんたがヘンなこと言うから！」と父親をどつく。父親は自分の妄想《もうそう》が悲しすぎたのか、「お茶子～」と涙ぐんでいた。

ちょっとした騒ぎになったがやっと落ち着き、お茶子は一息つきながら、またおもちを食べていた。

「も～……お父ちゃんのバカ……」

愚痴《ぐち》りながらも、その愛情が伝わってお茶子は頰《ほお》を緩める。

いつかは結婚するかもしれないが、今はまだそんなことを考えられない。みんなを笑顔にできるヒーローになるために、やることはたくさんあるのだ。

お茶子はあんこもちをみょーんと伸ばしながら食す。そして、その伸び具合を見て、思いついた。

（書初め、『餅《もち》』にしようかな。粘り強くがんばれるように！）

みょーんと伸びるもちを、お茶子は大きく開けた口に放りこんだ。甘いあんこもちが口いっぱいになり、もっちゃもっちゃと幸せで満たされる。

お茶子は早くも、エネルギーが湧《わ》いてくる気がした。

Part《パート》. 4

幼馴染のお正月

出久《いずく》と爆豪《ばくごう》と轟《とどろき》がエンデヴァー事務所にインターンに来て、数日が過ぎた。

「くっ……！」

細く入り組んだ路地に強盗をした敵《ヴイラン》が逃げこむ。そのとたん、体からバアッと〝個性〟の煙が噴出し、姿が見えなくなった。追ってきた出久と爆豪と轟はまるで迷路のような路地に敵《ヴイラン》を追って飛びこむ。腕で口元を覆《おお》いながら、出久が爆豪と轟に声をかけた。

「かっちゃん！　轟くん！　先回りして三方から追いこもう！」

「俺に命令すんじゃねえ！」

「わかった」

爆豪は爆ギレしながらも、迷いなく先回りの道を進む。轟も反対方向の回り道へ氷結《ひょうけつ》を出しながら進む。出久はそんな二人の動きを感じながら煙の濃《こ》さを頼りに敵《ヴイラン》の背中を追った。この地区の地図は三人とも、すでに頭に入っている。

（このままいけば、合流地点で敵《ヴイラン》を確保できるはず……！）

スピードを上げ、煙のなかを行く。合流地点と敵《ヴイラン》の背中が見えた次の瞬間、上から灼熱《しゃくねつ》の縄状《なわ》になった炎が敵《ヴィラン》を捕《と》らえた。

「遅い。もうへばったのなら休憩でもしていろ」

敵《ヴィラン》が戦意喪失《そうしつ》すると同時に煙が消え、前方からやってきたエンデヴァーがニコリともせずに、やってきた出久たちに言い放つ。

オールマイトの引退によりナンバーワンになったエンデヴァーだったが、その実力は驚異的だった。ヒーローに求められる基本条件、救助、避難、撃退のすべてを広い管轄街《かんかつがい》でほぼ一人でこなす。ナンバーワンヒーローの名は伊達《だて》ではない。

「へばってねーわ!!」

爆豪は悔《くや》しそうに言い返す。だが連日のパトロールの疲れに加《くわ》え、今日《きょう》も朝からパトロールで動きっぱなしだった。疲労感は半端《はんぱ》ない。けれど、それ以上に働いているエンデヴァーには疲労の色さえなかった。現ナンバーワンヒーローとまだ仮免《かりめん》ヒーローである学生の実力は比《くら》べるまでもなかったが、常《つね》にナンバーワンを目指《めざ》す爆豪にとっては、悔しいものは悔しいのだ。

(エンデヴァーのほうが当然土地勘《とちかん》はあるけど、それでも僕たちのほうが敵《ヴィラン》との距離は近かったのに……。あっ、そうか、被害を考えてわざとこの路地に誘いこんで先回りを……やっぱりすごいな、プロヒーローは……!)

さっそくエンデヴァーの行動を分析する出久のとなりで、轟が小さく「……くそ」と悔しさを滲《にじ》ませる。けれど、その顔にはエンデヴァーの一挙手一投足《いっきょしゅいっとうそく》から全部を吸収してやろうという気概《きがい》がうかがえた。

三人はこの冬のあいだに一度でいいからエンデヴァーより先に敵《ヴイラン》を退治するという目標を出されていたが、今はまだついていくのがやっとだった。

やってきた炎《ほのお》のサイドキッカーズに敵《ヴイラン》を渡したところで、エンデヴァーの携帯が鳴った。

「どうした。……そうか、わかった」

携帯の通話を切ったエンデヴァーが出久たちを見て言った。

「見回り交代だ。デクとバクゴーは一時間休憩、ショートは俺と来い」

「なんで俺だけなんだ」

「取材だ。短い時間ですませる。これも仕事のうちだ」

「……わかった」

有無《うむ》をいわさぬエンデヴァーに轟が出久たちに「またあとでな」と去っていく。轟と父親であるエンデヴァーの関係はいいとはいえないのだが、今はインターン中の身なので大人《おとな》しくついていった。

「お昼ごはん、どっかですませときなよ！」と炎のサイドキッカーズの一人に言われ、二人で取り残された出久が爆豪を見た。

「……お昼、どうしようか?」

「知るか、勝手に食えや!」

そう言《い》い放《はな》ち、爆豪は一人でさっさと行ってしまった。一人になった出久は、その背中を見ながらそれもそうだなぁと思う。

(かっちゃんと二人でごはん食べるなんて想像できないや)

幼馴染《おさななじみ》で昔から知っているけれど、いつのまにか虐《しいた》げる側と虐げられる側になってしまった。けれど、そんな関係も雄英《ゆうえい》に入ってから徐々に変わってきている。幼い頃《ころ》に遊んでいたような関係に戻れるわけではないけれど、それでも少しずつ対等な関係になってきていた。しかし未《いま》だに二人だけというのはハードルが高い。

(コンビニでパンでも買おう)

出久は近くにあるコンビニに行き、手軽にすませられるパンと飲み物を買った。食べられる場所を探して、てくてくと歩いていく。街なかの通りはお正月の飾りに彩《いろど》られていて、華《はな》やかな雰囲気が漂っている。パトロール中は気を張っているので、そんな空気を感じる余裕もない。そう思うと、出久はどこか静かな場所で休憩を取りたくなってきた。

(そうだ、あそこがいいかな)

頭のなかの地図を探って、近所に神社があったことを思い出す。少ししてたどり着いたそこは、のどかな雰囲気が漂うこぢんまりとした神社だった。こぢんまりといっても催《もよお》しものができるほどの広場があり、出店が出て地元の人たちなどで賑《にぎ》わっている。地域に愛されている憩《いこ》いの場所といった風情《ふぜい》だ。

「あっ、そういえば初詣《はつもうで》まだだった」

お賽銭《さいせん》のチャリンという音と鈴《すず》の音《ね》に、出久はまだ初詣をしていなかったことを思い出す。せっかくだからお参《まい》りさせてもらおうと、神社に近づいたそのとき。

「てめー、ストーカーも大概《たいがい》にしろや！」

「えっ、かっちゃん⁉」

さっき別れたばかりの爆豪が少し離れてしかめた顔でこっちを見ていた。手には昼食が入っているコンビニの袋を下げている。どうやら同じことを考えていたらしい。

「たまたまだよ……！」

「俺の行くところに来るんじゃねえ！」

同じことを考えていたことが気に入らないのか、吠《ほ》える爆豪に出久がハッとする。

「かっちゃん、お正月の神社だよっ」

なんだなんだとざわつく周《まわ》りの人たちの反応に、うるさくしてしまったかと出久は爆豪

SMASH
MY HERO ACADEMIA
僕のヒーローアカデミア

を抑《おさ》えようとする。

「俺じゃねえわ！　あっちだろが」

「へっ？」

爆豪の言うとおり、周囲の人たちの注目は神社の前に集まっている。怒鳴《どな》り合う子供の声が聞こえてきた。

「ふざけんなよ！」

「ふざけてないってば！」

出久と爆豪が騒ぎの元に近づいてみると、小学校高学年くらいの二人の男の子が言い争いをしていた。

「まーちゃんなんか裏切り者だっ！　カンキンザイ、信用しねーからな!!」

「カンキンザイじゃなくて金輪際《こんりんざい》だよ、たっくん！」

「う、うるせえっ！　そうやって人のあげた足ばっか取るなっ」

「揚《あ》げ足《あし》だよ、たっくん！」

微笑《ほほえ》ましいケンカにも見えるが、本人たちは本気なのだろう。とくに言い間違いをしたたっくんと呼ばれた子供は怒《いか》りと恥ずかしさで真《ま》っ赤《か》になっている。まーちゃんと呼ばれた子供も涙目《なみだめ》だ。

出久は穏便《おんびん》に止めようと二人に近づく。

「落ち着いて。何があったのかな？」

「っ、緑頭《みどりあたま》は引っこんでろ、バーカ!!」

「たっくん！」

取りつく島もなく駆けだしたたっくんが、初対面の子供の暴言に「緑頭……」とショックを受けている出久を笑っていた爆豪にぶつかる。

「あ？」

「ひっ……」

下から見た凶悪《きょうあく》な顔に、そのまま逃走しようとするたっくんを爆豪が捕《つか》まえた。

「てめー、人にぶつかっといて一言《ひとこと》もなしか」

「っ……うるせえ！　敵顔《ヴイランがお》ー！」

「あぁん!?」

ダッと去っていくたっくんにまーちゃんが「たっくん！」と呼び止めるが、振り返りもせず行ってしまった。

「たっくん……明日《あした》のヒーローかるた大会、どうすんだよぉ～！」

うわーん！　と大声で泣きはじめるまーちゃんを出久があわてて慰《なぐさ》めにかかるが、我慢していた感情が決壊《けっかい》してしまったようでさらに泣いてしまう。爆豪は「ほっときゃ泣きやむだろが」と言うが、そういうわけにもいかないと出久は広場の隅《すみ》のベンチでまーくんが泣きやむのを待った。爆豪はとなりのベンチにどっかと座り、面倒《めんどう》くさそうな顔で買ってきたパンにかぶりつく。爆豪が食べ終わる頃にはまーくんの涙が止まった。出久が自分用に買っていた飲み物を渡すと、ちょっと困った顔をした。

「知らない人からものをもらっちゃいけないってお母さんが……」

「あっ、ごめん！　僕はデクだよ。こっちはかっちゃん」

「勝手に紹介してんじゃねー！」

「エンデヴァー事務所って知ってるかな？　そこにインターンに来てるんだ」

「インターン……ヒーローの卵ってこと？」

「そう、だから怪《あや》しい者じゃないよ。いっぱい泣いたから喉《のど》乾いてるかなって思って。よかったら飲んでね」

出久の誠実《せいじつ》な態度に、少しだけ緊張している様子《ようす》だったまーちゃんが「ありがとう……」と飲み物を受け取った。

「どうしてケンカしたのか聞いてもいいかな……？」

コクコクと飲み物で喉を潤《うるお》したまーちゃんは、優しい声で出久に聞かれておずおずと口を開く。

「あのね……ボク、もうちょっとしたら転校するんだ……」

ポツリポツリと話した内容によると、二人は幼馴染で親友らしかった。だが、自分が転校することをずっと言えず、とうとう今日告白したらたっくんが怒ってしまったらしい。

「ハッ、そんくれーであんなに喚《わめ》いてたのかよ。みみっちい男だな」

鼻で笑う爆豪。出久が「あれ？」と気づく。

「さっき、ヒーローかるた大会どうするんだって言ってたのは？」

「……明日、たっくんとペアで出場する予定なんだ」

まーちゃんが指差した先の掲示板にヒーローかるた大会開催のポスターが貼《は》ってあった。

「ヒーローかるた、懐《なつ》かしいなぁ！」

出久が思わず目を輝かせる。ヒーローかるたとは、文字どおりプロヒーローにちなんだキャッチフレーズを読《よ》み札《ふだ》とし、絵札に先に触れたほうがその絵札を取れるゲームである。個人戦、団体戦などともに二人一組で挑《いど》むペア戦などもあった。

「えっ、お兄ちゃんもヒーローかるたやってるの!?」

「大会とかじゃなくて、ウチで遊んでたくらいだよ。お母さんに読み札読んでもらって」

「そうなんだ」と応《こた》えたまーちゃんが、シュンと暗い顔になる。

「……たっくん、大会、出てくれないのかなぁ……。いっぱい練習してきたのに……このまま会えなくなっちゃうのかなぁ……」

まーちゃんの目にみるみる涙が浮かんでくる。出久は励《はげ》ましの言葉をかけるが、まーちゃんの顔は晴れないまま休憩時間が終わってしまい、あわただしく別れた。


夜になってパトロールが終わり、出久たちはエンデヴァー事務所へと戻った。

存在を誇示するように一等地に聳《そび》え立《た》つビル一棟《いっとう》すべてが事務所だ。三〇人以上のサイドキック、通称・炎のサイドキッカーズを有《ゆう》する大手事務所は福利厚生《こうせい》が充実していて、トレーニングジムや宿泊施設《しせつ》、食堂などが完備されていた。出久たちもインターン中はずっと事務所に泊まりこんでいる。三人揃《そろ》って事務報告をすませ、食堂に行くとサイドキックのバーニンがいた。

「おつかれー！　どーだい!?　ちょっとくらい追いつけたァ!?」

ちょうど食べ終えたところなのか、空《から》の食器を持って声をかけてくる。爆豪は「うるせえな」と顔をしかめた。出久と轟が「おつかれさまです」と応える。三人のヘトヘトの様子にバーニンは豪快に笑った。

「そんなんじゃウチでやってけないぞー！　カツカレー食べな！　今日のおススメ!!」

バーニンが去ったあと三人は無言で配膳《はいぜん》スペースへ行き、それぞれカツカレー大盛《おおもり》、カツカレー大盛激辛《げきから》、カツカレーそばセットを注文し、テーブルではぐはぐと空《す》いた胃袋に食事を流しこむ。ごはんは今日の疲労回復と、明日の体力を生み出してくれるエネルギーだ。そんなときでも爆豪は出久の反対側で轟を挟《はさ》み、一人分席をあけて食べている。半分ほど食べたところで、やっと話す余裕が出てきた。

「緑谷《みどりや》、爆豪、あの本読んだか？」

「異能解放戦線《いのうかいほうせんせん》？　まだ途中。疲れて眠くなっちゃうんだよね……」

『異能解放戦線』とは〝個性〟がまだ異能と呼ばれていた時代、異能の自由行使を目指した過激派組織の初代リーダー・デストロによって書かれた思想書である。超常解放戦線《ちょうじょうかいほうせんせん》に潜入しているホークスから、エンデヴァーへの暗号と一緒《いっしょ》に出久たちに渡された本だ。

「読む必要ねーだろ、過激派組織のヤツが書いた本なんざ。つうか、話しかけてくんじゃねえ」

「轟くんは？」

「いや、俺も同じだ。途中で寝ちまう」

「横になっちゃうともうダメだよね。あ、点での放出、つかめてきた？」

「いや、まだだ。もう少しで掠《かす》りそうな感じだ……爆豪はどうだ？」

「俺ァ、もうとっくに掠ってるわ。だから話しかけてくんなっつってんだろが」

「ワリィ」

素直《すなお》に謝《あやま》ってから、轟はそばを啜《すす》る。

「轟くんは本当にそば好きだね」

「おう、うめえからな」

「ここって全部のメニューをそばセットにできるんだね」

カレー、どんぶりものなどのほかに、サンドイッチ、ピザ、ケーキなど通常あまりセットにならなそうなものにまでそばをつけられるようになっていた。

そのとき、三人の後ろから炎のサイドキッカーズのキドウとオニマーが話しかけてきた。

「ふっふっふ、気づいたかい。すべてのメニューをそばセットにできるそのワケ、教えてあげよう！」

「ウチのボス、エンデヴァーが、ショートくんが職業体験で事務所に来ることになってから、すべてのメニューにそばがつけられるようにしたんだよ！」

それを聞いた轟の顔がしかめられる。インターンに来た日に、出久たちのまえで「親子《おやこ》面《づら》はやめてくれ」と言ったばかりなのに、常《つね》に親子面をされていた気分になった。まだエンデヴァーに囚《とら》われて周囲に心を開いていないときの凶悪な表情になりかけた轟を出久がハラハラと見守る。だが、目の前のそばを見た轟の表情がやわらいだ。

「そばに罪《つみ》はねえ」

そして一気にズゾーと啜る。ホッと一息つく出久。爆豪はそんな轟をやや引き気味に見ながら、近くにあった激辛ソースをカレーにかけた。

「……それに、ヒーローとしてのあいつはやっぱりすげえからな」

轟は、いい父親としては認められなくてもプロヒーローとしてのエンデヴァーの実力は認めていた。間近《まぢか》で見て、なおさらそのすごさを肌《はだ》で感じる。それは出久と爆豪も同じだった。

「おお！　今の言葉、聞いたらきっと喜ぶよ！」

「あとで報告しとく！」

「やめてください」

轟はそれと同じようなことは、すでにエンデヴァー自身に言っていたが、面倒くさいことになるのはごめんだとばかりにきっぱりと断《ことわ》る。キドウとオニマーが去っていったあとで、出久が口を開く。

「でもほんと、エンデヴァーの事件を感知する速さはすごいよね。常にアンテナを張ってるんだろうな」

「そうだな。近くにいても、俺たちよりずっと速《はえ》え」

少し轟を気遣《きづか》うように話していた出久だったが、素直に応えるのを見ていつものように分析しだした。

「今まで、どちらかというと力技《ちからわざ》でねじ伏《ふ》せるみたいなイメージがあったんだけど、本当に細《こま》かいところまで見えてるんだよね。長年、ヒーローとして培《つちか》った勘《かん》なのかな？　でもそれだけじゃなくて、細かいところまでちゃんと視《み》てるっていうか、危機管理能力が半端ないよね。エンデヴァーの管轄するこの地域の犯罪率がぐんと低いのは、そういうところなんだろうな。一見、派手な必殺技でも繊細《せんさい》に計算して放《はな》ってる感じだし。豪快な繊細さっていうのかな。それにアドバイスの的確さにもビックリしたよ。感覚じゃなく努力で積《つ》み重《かさ》ねられた経験からわかりやすく言葉にしてくれているような……あっ、でも感覚で教えられるのも嫌いじゃないんだけど――」

「うるっせえ！　静かにメシ食わせろや！」

「あっ、ごめん、かっちゃん！」

爆豪に怒鳴られ、一瞬静かになった出久だったが「そういえば」と続ける。

「かっちゃん、昔から辛《から》いもののときは静かに味わって食べてたよね。でも小学校のときカレーが甘すぎる、こんなのカレーじゃねえって言いだして先生に怒られて――」

「静かにメシ食わせろって言ったよなぁ……？　そのカツ、口に突っこんで黙らせたるわ！」

「ちょっ……！　やめてよ、かっちゃん！」

「てめーがワリィんだろうが！」

席を立ち、出久のカツを口に突っこもうとする爆豪。もみ合う二人を驚いたように見ていた轟が不思議そうに言った。

「……お前ら、幼馴染なのになんでそんな仲悪《わり》ぃんだ？」

「あ？」

「へ？」

「ずっと昔から一緒にいるんだろ？　普通、仲良しなんじゃねえのか、幼馴染って」

その純粋な疑問に、出久が何と答えたものかと考えこむ横で、爆豪の顔が引きつる。

「何なんだ、そのてめーの仲良しの判断基準は……時間と親交は比例しねえって言っただろうが……！」

キレて突っかかってくる爆豪に少し考えて轟が言った。

「そうだな。俺と緑谷は友達だもんな」

「轟くん」

高校で初めて友達らしい友達ができた出久が嬉《うれ》しそうに轟を見る。ひとりぼっちが常だった者にとっては、友達宣言はとても嬉しい。そんな様子を見て爆豪が吠えた。

「勝手に気色《きしょく》ワリィ友達ごっこしてろや！　俺を巻きこむんじゃねえ！」


夕飯を終えると、三人は大浴場へ行き、今日あった出来事の反省点や宿題の書初《かきぞ》めのことなどを話し合いながらすばやく風呂をすませた。一応部屋にもシャワーはついていたが、福利厚生が充実している事務所だけあり、大浴場は温泉施設並みにいろいろな風呂があったりして疲労回復できるのだ。そのあとはそれぞれ部屋に戻り、翌朝のパトロールまで自由時間となる。

風呂を出た出久は轟と勉強したあと、自分の借りている部屋に戻る。部屋は個室になっており、質のいいベッドが備《そな》えつけられている。

出久はすぐに横になったが、今日は不思議と目が冴《さ》えていた。

（あの子たち、大丈夫かな……）

幼馴染で親友の男の子たち。出久は「大丈夫、きっと仲直りできるよ」と胸を張って言えなかったことが気にかかっていた。経験にないことはアドバイスできない。

『……お前ら、幼馴染なのになんでそんな仲悪ぃんだ？』

轟の疑問が蘇《よみがえ》り、出久は小さくため息を吐《つ》いた。

小さい頃は一緒に遊んでいた。けれど突然変わってしまった。その理由も出久には思い当たらない。それでも最近は少しずつ対等に話せるくらいにはなってきた。

出久にとって爆豪との関係を一番簡単に言い表す言葉は、幼馴染だ。けれど、轟に指摘されたとおり仲がいいわけでもない。友達でもない。

（幼馴染かぁ）

あの子たちは自分たちとは違い、一緒にかるた大会に出場しようとするくらい仲がよかった。

（なんとか仲直りできるといいんだけど……）

仲直りできるシミュレーションを考え出そうとするが、ちっとも浮かばす、出久は煮《に》えそうになる頭を冷《ひ》やそうと部屋を出てドリンクコーナーに向かう。

「かっちゃん」

「チッ、またストーカーかよ」

先にいたのは炭酸飲料を手に窓辺に腰かけている爆豪だった。反論する気も起きず、

「はは……」とあいまいに笑って自分も飲み物を取りに行く。プロテインの入った栄養ドリンクと迷ったが、喉の渇きに結局ミネラルウォーターにする。

自分の寝泊まりしている部屋に戻ろうとしない爆豪に、出久が距離を置いて近づいた。

「……あの子たち、明日どうするんだろうね。ヒーローかるた大会」

「知るか。出たきゃ出るだろ」

「まぁ……それはそうなんだけど……」

言いよどむ出久。爆豪が炭酸を一口飲み下した。出久も水に口をつけたそのとき、爆豪が小バカにしたように言った。

「……あいつ、うわーんって泣いてたな。どっかのクソと同じじゃねえか」

出久は自分のことを言っているのだと気づく。泣き虫だったのは事実だが、少しだけ悔しいのは対等になれてきた証拠《しょうこ》だった。

「……あの子も少し小さい頃のかっちゃんみたいだったよね」

「あぁ⁉　どこがだよ」

「口が悪かったところとかさ」

たっくんから「敵顔《ヴィランがお》」と言われたことを思い出し、爆豪がぐっと顔をしかめる。

「似てねーわ！」と言い返すが、思い当たるところもあるのかどこか煮えきらない様子だった。「ケッ」と窓辺から下り、不機嫌《ふきげん》そうに出久の横を通り過ぎていく。

「仲直り、できるといいんだけど……」

出久がふと呟《つぶや》いた言葉に、爆豪の足が止まった。

「てめーのその傲慢《ごうまん》な上から目線、いいかげんにしとけや」

「え……」

「ガキのケンカの心配なんざ、余裕だなァ？　俺はお前のそういうとこが昔から虫唾《むしず》が走るんだよ」

苛立《いらだ》たしさを隠しもしない顔で睨《にら》み、爆豪は去っていった。取り残された出久は、久々のひりつくような空気を感じ小さく息を吐《は》く。

出久は心の底から純粋に、二人に仲直りしてほしいと思っている。けれど、爆豪からすると偽善《ぎぜん》的に見えるらしい。

「………」

出久は詰《つ》まるような喉で残りの水を一気に飲《の》み干《ほ》し、ふぅっと息を吐き明日のために早く寝ようと部屋へと戻った。

翌朝からパトロールはいつものとおり、追いついていくのがやっとだった。

「デク！　注意力散漫だぞ。何しにここに来ている⁉」

「すみません！」

敵《ヴィラン》の動きに一歩も二歩も出遅れた出久をエンデヴァーが叱咤《しった》する。集中していたつもりだったが、なかなか寝つけなかったのだ。

（あの子たち、かるた大会どうしたんだろ……いや！　ダメだ集中しろ。どうせ見に行けないんだから……）

昨日《きのう》が例外だっただけで、ふだんはパトロール中にゆっくりと休憩する時間もない。出久は必死に自分にそう言い聞かせ任務に集中するが、数時間後、奇跡が起こった。

「なに？　ミルコから緊急要請《エマージェンシー》？　わかった、繋《つな》げ」

『ようエンデヴァー！　ちょっと手ぇ貸してくれ！　やっかいな敵《ヴィラン》がいるんだよ！』

勝ち気なバニー、ミルコの声がエンデヴァーの携帯の向こうから聞こえてくる。出久がその声に小さく興奮する。燃焼系の〝個性〟に弱い敵《ヴィラン》がいるらしく、「じゃあ早くな！」

とミルコは場所を言い残し通話が切れた。

「勝手な……!」

突然のことにエンデヴァーは顔をしかめる。だがすぐに頭を切り替え、出久たちに言った。

「ついてこい! ……と言いたいところだが、急を要する現場にお前たちではまだ足手まといだ。戻ってくるまでサイドキックたちとパトロールをしていろ」

いつも単独で行動しているミルコからの要請《ようせい》に、容易《たやす》くない敵《ヴイラン》だと感じ取ったエンデヴァーが迅速《じんそく》にそう判断する。爆豪は「連れてけや!」と食い下がったが、当然残されてイライラを募《つの》らせた。

そして小さな事件も珍しく起きず、ゆっくりと昼食を兼《か》ねた休憩時間が取れることになった。もちろん、緊急事態があればすぐに呼び出されるのだが。そして轟も事務所に昨日の取材の記事確認で戻ることになった。

「かっちゃん、僕、昨日の神社行って……あれ?」

ヒーローかるた大会に行けると、出久が爆豪に振り向く。だが、すでに爆豪はいなかった。

昼食を食べに行ったんだろうと思い、出久は急いで神社に向かう。神社につくと出場する人たちや、その応援に来た家族や友人で賑わっていた。

（あの子たちどこだろう……そもそも来てるのか……？）

そう思いながら、あたりを見回していると前方に見慣《みな》れたツンツン頭が目に入った。

「かっちゃん⁉」

「……チッ！」

出久は振り向きもせず盛大な舌打ちで返事をした爆豪に近づく。

「どうしたの⁉　もしかしてかっちゃんもやっぱりあの子たちが気になって――」

「昨日みてえに出店が出てるかと思って来ただけだわ‼」

それ以上近づくなと言わんばかりに顔をぐっと鷲《わし》づかみにして押しやられながら、「そうなんだ」と応える出久。そのとき、あの男の子たちの声が聞こえてきた。

「出ようよ！　あんなに練習したんだよ⁉」

「絶対嫌《いや》だ！」

「じゃあなんでここに来たんだよ⁉」

出場者を登録する場所の前で、まーちゃんとたっくんが言い争いをしていた。まーくんに言われて、言葉を詰まらせたたっくんが苦しまぎれに吐き出す。

「……ま、まーちゃんが出場できなくて泣くのを見に来ただけだ！」

それがたっくんの精いっぱいの虚勢《きょせい》だとわかっているのは、出久たちだった。言葉どおりに受け取ったまーちゃんが傷ついた顔をして固まってしまう。そしてそんなまーちゃんの顔を見て、たっくんも「しまった」と顔を歪《ゆが》めた。しかし、吐き出してしまった言葉はもう取り返しがつかない。うつむく二人に出久が近づく。

「二人とも、本当は出場したいんだよね……？　なら、落ち着いて話を……」

なんとか二人に仲直りしてほしいと間に入った出久の腕を、まーちゃんがぐいっとつかむ。

「僕、この人と出場する！　だからたっくんなんかもういいよ！」

「へっ？」

突然のことに唖然《あぜん》とするしかない出久の近くで、たっくんが「なっ⁉」と驚く。それを出久の後ろで見ていた爆豪がおかしそうに吹き出した。

「いいじゃねえか、出場してやれよ。人助けするのはヒーローだもんなぁ？」

「じゃっ、じゃあ俺はこの敵顔《ヴィランがお》と出場してやる！」

たっくんに腕をつかまれた爆豪が「あぁ⁉」とキレ驚く。

「なんで俺が‼」

「……かっちゃん、僕たちは今、ヒーローなんだよ……？」

「俺はガキとかるた大会に出場するためにヒーローになるんじゃねえンだよ！」

冗談じゃねえとばかりに腕を振りきる爆豪に、たっくんが焦《あせ》ったように言った。

「んだよ！　もしかしてヒーローかるた、やったことねえのかよ？」

「ねえわ。んなガキの遊び」

「……お前、強そうな顔してるからヒーローかるたも強いのかと思ったのに……。ダメだ、初心者じゃ負けちまう……！」

絶望したたっくんのその言葉が、負けず嫌いの爆豪に火をつけた。

「……誰が負けるって？　俺はいつだって勝ちにいくんだよ、んなガキの遊びなんか楽勝だわ……‼」


そうして出久・まーくんペア、爆豪・たっくんペアの出場が決まった。くじ引きの結果、運がいいのか悪いのか、第一回戦で対決することになった。

畳《たたみ》の上に並べられたヒーローかるたを間に、正座した両者が向かい合う。並べられた札に描かれているのはヒーローのイラストだ。

「わかってるな、敵顔《ヴィランがお》。読まれた札に早く触《さわ》ったらゲットできるんだぞ」

「読まれた札取りゃいいんだろが。簡単じゃねーか」

心配そうにルール説明をするたっくんに余裕しゃくしゃくの爆豪。その向かいで、「がんばろうね！」とまーちゃんに声をかけていた出久が反応する。

「……かっちゃん、そううまくいくかな……？」

「あぁ？」

出久の神妙な様子に爆豪の胸に、わずかに嫌な予感がした。直感的な危機意識で並べられている札に目がいく。違和感の原因はすぐにわかった。札には、一文字も書かれていなかったのだ。爆豪が気づいたことに気づいた出久が言う。

「そう……ヒーローかるたはね、普通のかるたと違って絵札に文字がないんだよ。しかも、数百枚のなかからランダムに並べる札は選ばれる。頭文字《かしらもじ》被《かぶ》りが何枚もあるんだ。それを読み札の言葉だけで、それがどのヒーローのことを言っているのかわからなきゃ札を取れない。つまり……」

「読み札暗記してなきゃ取れねえじゃねえか！」

「だからさっき初心者じゃ勝てないって言ったんだよ！」

「もっと積極的に言えや！」

「なんだよ、自分がさっさとエントリーしちゃったんだろー!?」

言い争う爆豪とたっくんを、少し心配そうに出久が見ていると、となりから小さく「たっくん……」と声が聞こえてきた。まーちゃんも心配そうに二人を見ている。

(二人に仲直りしてほしいのに、なんだかヘンなことになっちゃったな……)

「では、第一回戦始めます！」

読み札を読む人が声をあげた。出久は、気を引《ひ》き締《し》める。

(僕はあくまで人数合わせの参加なんだから、まーちゃんが主役——)

「みん——」

パァン!!

その言葉を聞いた瞬間、出久の手が無意識に端《はし》にある札に電光石火で触れた。読み手が唖然とし、続きを読む。

「……な大好き、平和の象徴……」

「やったぁ！　……あ」

出久が獲得したオールマイトの札を持ったままハッとする。母親と遊んでいたヒーローかるたの成果が、つい出てしまった。出久はもちろん、ほぼすべてを暗記していたのだ。

だが、出しゃばってしまったと焦る出久に、まーちゃんの顔が輝く。

「すごい！　見えないくらい速かったよ!?」

「ご、ごめんね？　一番大好きな札だったから、つい……」

「もっとバンバン取ってよ！　僕もがんばるから！」

無邪気《むじゃき》な子供の笑顔に、出久も嬉しくなって「うん！」と応える。そんな様子を目の当《まあ》たりにした爆豪とたっくんの顔がポカンとする。だがすぐに爆豪の顔が苛立ちに歪んだ。

「クソナードが……！」

「……なっ、なんだよ！　そんな強いなんて聞いてねえぞ⁉　きょうひもの！」

「僕も聞いてなかったもん。それときょうひものじゃなくて卑怯者《ひきょうもの》って言いたかったの？　今日干物《ひもの》だとごはんのメニューになっちゃうよ」

出久を指差し抗議するたっくんに、まーくんがそっぽを向いて反論する。たっくんは言い返せず「うぐぐ……！」と唇《くちびる》を嚙《か》みしめた。

「あの、次を読んでも……？」と読み手に声をかけられ、出久たちがあわてて「すみません、お願いします！」と先を促《うなが》す。遊びでやるかるたは、だいたいルールを守りながら楽しくやるが、試合のかるたは真剣にやる。真剣であればあるほど、勝ったときの喜びは大きい。

「では参ります……。おお――」

パァン！

次に取ったのはまーちゃんだった。手にした札にはプレゼント・マイクが描かれている。

「……声《こえ》は宇宙の果てまで響《ひび》きそう」

「やったね、まーちゃん」

「えへへ」と嬉しそうに笑うまーちゃん。その向かいでたっくんが「くそ……っ」と悔しそうに顔をしかめ、自分に言い聞かせるように呟いた。

「次は取る……！」

しかし――。

パァン！

パン！

パァン……！

取ったのは、すべてまーちゃんと出久だった。たっくんも爆豪も手を出そうとするが、一歩及《およ》ばない。初心者の爆豪はともかく、ずっと一緒に練習してきたたっくんとまーちゃんだが、その実力差は大きいようだった。自分でもそれがわかっているのか、たっくんが悔しそうに拳《こぶし》を握《にぎ》りしめて黙りこんでしまう。なんと声をかけていいのか悩む出久の前で爆豪が言った。

「クソガキ、てめえ勝ちたくねえのか」

「……っ、勝ちたいに決まってるだろ！」

「じゃあなんで拳握ってんだよ、札叩《たた》けねえだろうが」

その言葉にたっくんがハッとする。睨みつける爆豪を見上げ、ムカついたように言った。

「……うるせえ、敵顔《ヴィランがお》！　今、開こうと思ってたんだよ、バーカ!!」

「あぁん!?　人様に向かってなんだ、その口の利《き》き方は！」

いつもの自分の暴言を棚《たな》に上げる爆豪。たっくんも言い返すが、読み手に咳《せき》ばらいされ、あわてて姿勢を正す。札を狙《ねら》うその顔に、やる気が戻っていた。

「参ります……。ひ——」

パァン！

目の前にあった札をたっくんが取る。

「よしっ……！」

今度は嬉しそうに拳を握りしめる。読み手が続きを読んだ。

「……の始末、ちゃんとしようね、最後まで」

取った札はバックドラフトだった。爆豪が「最初からそうやってりゃいいんだよ」と面倒くさそうに吐き捨てると、たっくんがまんざらでもなさそうに言う。

「敵顔《ヴィランがお》は休んでていいぞ。俺がお前の分もとってやるから」

「……てめー、調子乗んなよ？」

ギラリと目を光らせた爆豪が札に集中する。読み手が次の句を読んだ。

「せか――」

爆豪がパァン！　とベストジーニストの札を弾《はじ》き飛《と》ばす。続きの言葉は「…いを着こなす、ファッションリーダー」だった。

「かっちゃん、知ってたの⁉」と驚く出久に爆豪がフンと鼻を鳴らす。

「知らねーわ。こんなかで世界で活躍してんのは、そんなにいねえだろが」

現在、行方《ゆくえ》不明中となっているベストジーニストだが、ヒーロー活動のほかにモデルとして海外の一流ブランドとも契約して世界を股《また》にかけて活動しているのだ。爆豪は職場体験でベストジーニストに素行《そこう》の悪さから矯正《きようせい》対象としてスカウトされている。

たっくんが、勘だけで札を取った爆豪を尊敬の眼差《まなざ》しで見上げた。

「敵顔《ヴイランがお》……お前、なかなかやるな……」

「ハッ、こんなもんで驚いてんじゃねーぞ。こっからだわ」

「ひ――」

パァン！

「ろ――」

パァン！

「あか――」

パァン！

立て続けに爆豪・たっくんペアが札を奪取《だっしゅ》する。だが、出久・まーちゃんペアは焦ることはなかった。どんな試合にも流れというものがある。今は向こうの流れだと冷静に場を読み、残りの札のために力を温存する。そして、流れがやってきた。

「お――」

タン！ と自陣《じじん》に近いミルコの札にまーちゃんが触れる。ちなみに読み札は『お月様跳《は》ねる兎《うさぎ》の健脚美《けんきゃくび》』だ。続けざま、ミッドナイトの札『朝に会ってもミッドナイト』、ヨロイムシャの札『ムシャクシャしても動じない』、ウワバミの札『酒は飲んでも飲まれるな』、エンデヴァーの札『燃える男の孤高の背中』、リューキュウの札『見ていると恐竜時代にタイムスリップ』、ホークスの札『赤い羽根、募金じゃないよ、個性だよ』、エッジショットの札『心の隙間《すきま》に入りこむ』などなどを奪取した。たっくんも手を出そうとするが、まーちゃんの反応速度に追いつけない。

再《ふたた》び引き離され、大差がついた。けれど、たっくんのやる気は消えてはいなかった。

「……っ、まだまだ……！ 最後に勝つのは俺だ……っ」

たっくんは、そう言って気合を入れるように自分の頬《ほお》を両手で挟《はさ》むように打った。「最後」という言葉に、まーちゃんが悲しそうに眉《まゆ》を寄せるのに出久は気づく。

「まー――」

パァン！

「がー――」

パァン！

今度はたっくんが立て続けに連取する。残りの枚数も少なくなってきた終盤で、わずかな差で札を取られたというのに、まーちゃんの顔にはなぜか焦りも悔しさも浮かんでいない。違和感を感じていた出久がハッとする。

（もしかして……）

出久の向かいで爆豪も気づいたように訝《いぶか》しげな顔をした。

「ば――」

まーちゃん側に近い札に、まーちゃんとたっくんの手が同時に伸びる。けれど先に札に触れたのはたっくんだった。まーちゃんの手が一瞬、止まったのだ。たっくんがバッとまーちゃんを見る。

「……まーちゃん、お前……今、足抜いたろ……!?」

「……ぬ、抜いてない……」

足を抜いたんじゃなく、手を抜いたっていうんだよという突っこみもせず、目をそらすまーちゃん。たっくんの顔が怒りで真っ赤になる。

「それを言うなら、足じゃなくて手だろうが。アホガキ」

きっちり突っこんだ爆豪にたっくんは激怒《げきど》のあまり涙を浮かべた目で「うるせえ……っ」と言うのが精いっぱいだった。

怒りで言葉が追いつかない様子のたっくんに爆豪が思う。

(――そりゃ腹も立つわなぁ)

相手に気遣《きづか》われることへの怒りは、身に覚えがある。

自分を心配してくるデクに、純粋だからこそおぞましい吐き気がするほどの傲慢さを感じた。裏も表もなく、ただ人を救《たす》けたいという想《おも》いのみで動く人間は理解できない。

離れたくても離れられない、幼馴染という関係。そんな人間が近くにいたことで、自分の運命が狂ったと思った。

「おい……」

爆豪がまーちゃんに手を抜くなと言おうとしたそのとき。

「――ダメだよ、本気でやらなきゃ」

「え……」

驚いたように顔をあげたまーちゃんに、出久がやわらかい声色《こわいろ》で、けれどしっかりと伝えるように続けた。

「本気でぶつからなきゃわからないこともあるよ。きっと」

出久の真剣な目に、後ろめたい自覚があったまーちゃんが「……うん」と頷《うなず》き、たっくんを見た。

「ズルしてごめんね……」

「……もう足…じゃなくて手、抜くな」

「……うん！」

わだかまりが解《と》けたまーちゃんとたっくんが、照れたように笑い合う。それをホッとしたように見ている出久を爆豪がじっと見ていた。

（こいつ……）

オールマイトの引退が自分のせいだと思い悩んだ爆豪は、呼び出した出久に葛藤《かっとう》する心をぶつけた。出久はそれに応え、二人は真正面から初めてまともなケンカをした。

そのあとからおぞましさはだいぶ薄れた。けれど得体《えたい》のしれない純粋な傲慢さに気づきもせず、心底から誰かを救《たす》けるためにヒーローを目指す出久を気色悪いと思う感情は未だに心にこびりついている。

理解はできない。けれど知っている。一生、理解できない存在がいることを知っている。

そう自覚しただけで追い立てられるような焦りは消えていた。

爆豪はフンと鼻息を荒くし、たっくんの背をバシンと叩く。

「勝負ってのはケンカだ。絶対勝て!」

「……おう!」

出久もまーちゃんに声をかける。

「最後まで集中しよう!」

「……うん!」

それまで見守っていた読み手が、んんっと咳ばらいをして口を開いた。

「もう、よろしいですか……?」

「あっ、本当に何度もすみません～!」

爆豪を除《のぞ》いた出久たちがあわてて頭を下げる。そして試合は再開された。


白熱した試合だったが、勝負は出久・まーちゃんペアの辛勝《しんしょう》だった。出久・まーちゃん

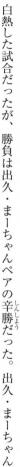

ペアは二回戦に出場したものの、物心《ものごころ》ついたときからヒーローかるたをやっている最強双《ふた》子《ご》ペアに負けてしまった。

「くそー！　あの極悪《ごくあく》ツインズ、強すぎだろ！」

まるで自分が負けたように悔しがるたっくんにまーちゃんが笑う。

「なんで負けたのに笑ってんだよ？」

「だって、なんかたっくんたちとの試合で全力出しきっちゃったから。……全力でぶつかったからさ……なんかもうスッキリしちゃってて。……ありがとう、デクさん」

まーちゃんの笑顔に、出久も「それならよかった」と笑顔で応える。まーちゃんはたっくんに向かって言った。

「それよりさ、たっくんたちとの試合のとき、逆転されるかと思ってドキドキしちゃた。最後に残ったあのインゲニウムとファットガム、どっちも〝い〟だったから迷った！」

「俺も読みは当たってたのになー！　あーあ、やっぱまーちゃんは強いや……」

寂《さび》しそうに笑うたっくんに、まーちゃんも悲しそうになるが、首をブンブンと振って強気な顔でたっくんの前に一歩出る。

「たっくん！　僕、転校しても絶対ヒーローかるた続けるから！　絶対、絶対続けるから！　だから……また一緒にやってくれる……？」

「……しょ、しょーがねーな！　じゃ、指を切ろうぜ！」

「たっくん、指切りでいいんだよ。指を切ったらただのケガだよ」

「まーちゃんは細かいんだよっ」

二人で指切りをして、出久と爆豪にお礼を言って駆けていった。

手を振り、笑顔で見送る出久の横で爆豪がチッと舌打ちして言う。

「……貴重な休憩が潰《つぶ》れちまった」

「あっ、お昼ご飯食べないと！」

歩きだそうとして、出久がふと足を止めて神社を振り返る。

「そういえば、初詣までだったんだ！　かっちゃん、先行っててていいよ」

「クソデク！　俺より先に詣《もう》でてんじゃねえ！」

自分もうっかり忘れていたことに気づいた爆豪が、出久を追い抜く。だがすぐそこなので、結局一緒にお参りすることになった。それぞれ心のなかで願ったあとで出久が爆豪に訊く。

「何お願いした？」

「うるせえ」

出久は不機嫌そうな横顔を見て、なんとなく同じことを願ったんじゃないかと感じた。

不機嫌そうな横顔でも、真剣な目が目指す先はきっと一緒のはずだ。

勝って救《たす》ける、救けて勝つ、最高のヒーロー。

性格も決定的に違う。物事に対する見方も感じ方も。相性《あいしょう》は最悪の部類に入るだろう。

それでも、出久には爆豪のいない世界は想像もできない。最悪な思い出さえ、今の自分を作っているだろうから。

この自分でなければ、オールマイトとも出会えなかった。

いろんな人に救《たす》けてもらって、ここまで歩いてきた。だから、これからもこの自分で進んでいくんだ。

出久がそう決意を新《あら》たにしていたとき、後ろから声がかけられた。

「緑谷、爆豪、ここにいたのか」

記事チェックと昼食を終え、集合場所に行くまえにお参りしようとやってきた轟だった。

轟は二人並んでお参りしていた様子を見て言う。

「仲良くなったな」

その言葉に、幼馴染が反応した。

「……なにキメえこと言ってやがる!! その口、爆破すんぞ!!」

「いや、轟くん、それはないよ……」

おぞぞと鳥肌《とりはだ》を立てながらながら爆ギレする爆豪に、青ざめ真顔《まがお》で否定するドン引きの出久。「そうか？」と轟が首をかしげたそのとき、出久の携帯が鳴った。

『デクくん、もう休憩時間終わるよー！　爆豪くんもいる？』

「は、はい、かっちゃんも轟くんも一緒です！　すぐ行きます！」

サイドキックからの連絡に、出久があわてて駆けだしながら言う。

「休憩時間、もう終わりだって！」

舌打ちする爆豪と轟も走りだし、神社を後にする。

白い息を吐きながら出久たちが疾走《しっそう》するのは、ヒーローへの道。

あと数日で冬休みも終わろうとしていた。

1-A 帰省物語 #4 八百万家の場合

お城のような八百万家《やおよろず》の屋敷の大広間で、盛大な年越しパーティが開かれていた。毎年開催されているパーティは八百万家の広い交友関係もあり、三〇〇人以上招待客がいる。

ドレスアップした八百万百《もも》も、いつものように挨拶《あいさつ》をして回る。

「百さんは、あの雄英《ゆうえい》で学んでおられるとか」

「ええ、若輩者《じゃくはいもの》ですが、雄英が一番自己鍛錬《たんれん》できるかと思いまして」

幼《おさな》い頃《ころ》からの恒例《こうれい》行事なのでそつなく挨拶をしていく。こういう社交場の経験も、いずれプローヒーローになったとき潜入捜査などで役立つはずだ。

（もうそろそろかしら）

八百万家の年越しパーティでは、毎年アーティストやエンターティナーなどのステージがあった。一流のステージを見るのは八百万の楽しみだった。今年のステージはどんなものだろうと八百万が想《おも》いを馳《は》せたとき、会場の照明が落とされ、ステージにスポットライトが当たった。だが、スポットライトに照らされたのはダンディな八百万の父だった。

「皆さんお待ちかねの特別ステージですが、今年は趣向を変え、この日のために急遽《きゅうきょ》用意した特別映像をご覧《らん》いただきます」

（特別映像？　なにかしら）

今年の帰省《きせい》は急遽決まったことだったので、詳《くわ》しいことは聞いていない。知らずにワクワクしている八百万の前でステージに巨大なスクリーンが降りてきた。

「では、どうぞご覧ください！　アカデミー賞監督による我《わ》が愛娘《まなむすめ》、百の誕生からこれまでの軌跡《きせき》を描いた短編映画、『モモ・ヤオヨロズ　ヒストリー』です！」

「えっ⁉」

驚く八百万。壮大《そうだい》な音楽とともにバーンとスクリーンに映った自分に重《かさ》ねてタイトルが映《うつ》し出される。映像は両親の馴《な》れ初《そ》めから始まった。八百万はあわてて両親がいるだろうステージそでへ早足に駆けこむ。両親とともに八百万が生まれる前から家に仕《つか》えている老執事長《しつじちょう》も後ろに控《ひか》えていた。

「お父様！　この映像はいったい……⁉」

「驚いたかい？　帰省が決まってから急いで作ってもらったんだよ」

「監督もノリノリで作ってくださったのよ」

にこにこと娘を出迎える父親と母親に、八百万は戸惑《とまど》って言う。

「そういうことではなく、なぜこんな手のこんだことをしたのかという意味ですわ！」

「それはもちろん、皆さんに百ががんばっていることを知ってもらうためじゃないか」

映像には誕生したばかりの八百万が映っていた。招待客たちの微笑《ほほえ》ましそうな歓声に、八百万は、まるで思い出のアルバムを勝手に見られているようで恥ずかしくなる。しかし、父親はそんな八百万の思いに気づかず、心配そうに顔をしかめて言った。

「寮の部屋は、とても狭《せま》いそうじゃないか。入りきらないと荷物が送り返されてきたと聞いたときは何事かと驚いたよ」

「ええ、本当に……。それに仕送りは段ボール一箱なんですもの。百の好きなお紅茶くらいしか送れないわ。本当はもっとたくさん送りたいのに……」

「お風呂も共同なんだろう？　一人でゆっくり湯船に浸《つ》かりたいんじゃないかい？」

八百万父が、いいことが閃《ひらめ》いたとばかりに、パッとを顔を輝かせて続けた。

「そうだ！　雄英の敷地内にスパを造《つく》ってはどうだろう！　むろん、貸し切り風呂もたくさん造ろう。そうすれば百もゆっくり浸かれるし、雄英の生徒さんももっと疲れがとれる」

「まぁ、それは素晴らしいわね！　それならついでにショッピングセンターを造ったらどうかしら？　なに不自由なくお買い物できるわ」

「ぜひそうしよう！　それに、娯楽施設《しせつ》もあったほうがいいね。よく学び、よく遊べ、だ！　よし、さっそく計画書を作成し、校長に提案しよう！」

「——お父様！」

刺《さ》すような声に、両親がきょとんとして八百万を見る。「どうした？」と言われ、八百万は真剣な顔で父親と母親を見た。

「……お気持ちは嬉《うれ》しいです。ですが、雄英に足《た》りないものは何一つありませんわ」

「だが」

「狭い部屋も住めば都です。みんなとお風呂で汗を流すと、よりコミュニケーションが深まります。買い物は少し不便ですが、それでも購買《こうばい》で十分事足《ことた》りますわ。寮に入って一番の娯楽は、みんなとのおしゃべりです。私が知らないことをたくさん教えてくれるんです。私が今、聴いている音楽はメタルというジャンルですわ。それに、メタルを教えてくれた耳郎《じろう》さんに、私はクラシックのことを微力ながら教えて差し上げています。……そんな些《さ》細《さい》なことがとても大事で、勉強になって……いえ、ただ単に嬉しいんですわ。ですので、今の雄英で私は満足しています」

真摯《しんし》に訴《うった》える八百万に驚いていた両親だったが、シュンと肩を落とした。

「そうか……。よかれと思ったが、よけいなことだったようだな」

「百……あなたが久々に帰ってきてくれて、嬉しくてはしゃいでしまったわ。ごめんなさいね……」

「お父様、お母様……」

落ちこむ二人に、言いすぎてしまったかと戸惑う八百万に執事長が声をかける。

「お嬢様、お二人とも初めて共同生活をするお嬢様をとても心配していたのですよ。それはもう、夜も眠れないほどに。どうか、それだけはご理解ください」

「……そうだったんですか？」

「我が子を心配しない親などいるはずないだろう」

「お父様はね、心配のあまり雄英の隣に家を移そうとしたくらいよ」

「君だって、初めて百が創造したマトリョーシカをベットに敷《し》き詰《つ》めて埋《う》もれて泣いていただろう」

「あら、あなただってマトリョーシカに百〜って話しかけていたでしょ？」

「見ていたのか！」

二人のやりとりをきょとんとして聞いていた八百万が小さく吹き出す。スクリーンでは、幼い八百万が父親と母親に見守られて庭で遊んでいるところだった。若い両親の眼差《まなざ》しには愛情があふれている。そして、「君だって」「あなただって」と子供のようにどれだけお互いが心配していたのかを暴露《ばくろ》し合っている今の両親には、年月の分だけ増《ふ》えた愛情をもっと感じた。

（私ったら、こんなに心配させて……まだまだですわね）

八百万は両親の愛情ゆえの心配を嬉しく感じつつ、反省する。そして決意を改めた。

（みんなを心配させることのないように、もっとみんなに頼られるような実力をつけなくては……！）

そして、宿題の書初《かきぞ》めのことを思い出した。

「『実力』、ですわね」

「百？」と母親に聞かれ、八百万は「なんでもありません」と応《こた》えてから続ける。

「……せっかく作ってくださった短編映画、途中を見逃《みのが》してしまいました。あとで観《み》てもいいですか？」

「もちろんだ！」

「屋敷のみんなで一緒に上映会しましょう」

八百万は少し照れくさそうに笑ってスクリーンを見た。初めてマトリョーシカを創造して、誇らしげに笑っている自分がいた。

Part《パート》.5

始業一発気合入魂鍋パだぜ!!!会

それぞれインターンに明け暮れた冬休みも終わり、今日は始業式だ。

Ａ組が、冬休み中に得た成果・課題等を授業で報告披露《ひろう》していたとき、相澤《あいざわ》とプレゼント・マイクはグラントリノらにタルタロスに呼び出された。敵《ヴイラン》連合《れんごう》の黒霧《くろぎり》の正体が実は脳無《のうむ》で、雄英《ゆうえい》でともに学び、事故で亡《な》くなった友人・白雲朧《しらくもおぼろ》の死体がベースとなっている可能性があり、何か少しでもわかればと対面した相澤たちのおかげで、超常解放戦線《ちょうじょうかいほうせんせん》に関する重大なヒントを得ることができた。

そして、エリの角《つの》が再《ふたた》びむずつきはじめたのが落ち着き、相澤が出久《いずく》の成長に歯がゆさを感じ落ちこむオールマイトを励《はげ》ましていた頃《ころ》。Ａ組の寮で開催されていた「インターン意見交換会」＆「始業一発気合入《きあいにゅう》魂鍋《こんなべ》パだぜ!!!会」に、ゲストが到着しようとしていた。

「お邪魔《じゃま》するよー！」

和気あいあいと鍋を囲《かこ》んでいたＡ組の面々が、開いた玄関に注目する。拳藤一佳《けんどういつか》を先頭にやってきたのは、小大唯《こだいゆい》、塩崎茨《しおざきいばら》、小森希乃子《こもりきのこ》、角取《つのとり》ポニー、取蔭切奈《とかげせつな》、柳《やなぎ》レイ子《こ》のＢ組女子メンバーだ。

「さぁ、どうぞ上がってくれたまえ!」と委員長として出迎えた飯田《いいだ》と八百万《やおよろず》百《もも》。麗日《うららか》お茶子《ちゃこ》たちも「いらっしゃーい!」などそれに続いて出迎えにいく。何度か訪問し合っている仲なので、来るほうも迎えるほうも気兼《きが》ねはない。

「これ差し入れ。ジュースとかお菓子。食後に食べようよ」

「まぁありがとうございます」

八百万に差し入れの入った袋を渡す拳藤。その隣で〝個性〟のサイズで小さくした数台のソファを持っている小大に、ササッと近づいた上鳴《かみなり》が笑顔で手を差し出す。

「ソファ、持つよ!」

女の子にいいところを見せようと小大のソファを持とうとするが、「大丈夫」と近くにいた柳が言いながら、〝個性〟ポルターガイストでソファを浮かして移動させる。それに気づいた砂藤力道《さとうりきどう》や口田《こうだ》、轟《とどろき》がオットマンやソファを移動し場所を空《あ》ける。ソファが間隔を空けて置かれてから、小大が〝個性〟を解除すると元の大きさに戻り、鍋の置いてあるテーブルをぐるりと囲むように全員が座れる場所ができた。

小大を手伝っていいところを見せようとしていた上鳴がなんとも言えない笑顔を浮かべる。

「目論見《もくろみ》が外《はず》れたなぁ、上鳴ィ!」

「俺はみんなに優しい男なんだよっ」

上鳴の心情が手に取るようにわかった峰田《みねた》のつっこみに反論する。しかし峰田にちょいちょいと手招きされ、不思議に思いながら近づいた。

「しかし上鳴……女子が増《ふ》えるのはいいことだなぁ……」

「そうだなぁ、峰田。囲まれてーよな……」

「俺、来世《らいせ》は鍋になる。囲まれてつつかれるんだ……そんで、熱くてハフハフされるんだ……」

「……最高だな、それ」

うっとりとする二人の内緒話《ないしょばなし》が聞こえていた峰田の隣の耳郎《じろう》があきれたように言う。

「バカじゃないの？」

「なんだよ、ちょっとかわいい妄想話《もうそう》してただけだろー」

「気持ち悪いの間違いでしょ」

B組女子にヘンなことしないかちゃんと見張ってようと思った耳郎の向かいで、「あら？」と蛙吹梅雨《あすいつゆ》が玄関のほうを見て何かに気づいたような声をあげた。

「あとはもう来ないのかしら？」

「男たち？　もちろん来るよ。ちょっとねー……いろいろ持ってくるよ。A組、先に謝《あやま》っでおく。ごめんね」

申《もう》し訳《わけ》なさそうに言った拳藤に、A組の面々がきょとんとする。

「なにー？　何かあるの？」

首をかしげる芦戸三奈《あしどみな》に、爆豪《ばくごう》が鍋を食べている箸《はし》をとめて苦虫《にがむし》を嚙《か》み潰《つぶ》したような顔で言った。

「B組のお騒がせの元は一人しかいねえだろ」

その言葉にほかのA組がハッとしたとき、まるで呼ばれるのを待っていたようなタイミングでB組を愛しすぎるあまりA組に対抗心を燃やす問題児がやってきた。

「やぁ！　待たせたね!!　待たせすぎたかな!?」

バーンと登場した物間寧人《ものまねいと》に、轟が自分で中途半派に切りそこなったニラを飲みこんでから、「いや、待ちすぎてはいねえ」と応《こた》えた。それにかまうことなく、ツカツカ上がってきた物間はまっすぐテーブルまで来るといい感じに煮《に》えている鍋を覗《のぞ》く。

「さぁさぁ、みんなで作った鍋だ！　遠慮しないでたくさん食べてくれ！」

鍋を勧《すす》める飯田の声に、砂藤がサッと皿と箸を用意する。だが鍋を見る物間の目は、食欲をそそられているそれではなく、品定《しなさだ》めするような目だった。

「これは豆乳鍋《とうにゅう》……あっちはキムチ鍋かな？　そしてあっちは寄せ鍋……あれは坦々《たんたん》ゴマ

鍋か」

　A組がみんなで作ったのは、定番の鍋四種だった。みんな、それぞれ自分の食べたい鍋の前に座っている。

「ふふ……ずいぶんベタな鍋をそろえたものだね」

「なんだよ？　ずいぶん突っかかるな」

　A組の料理長、砂藤が訝《いぶか》しむ。料理が得意な砂藤はすべての鍋の監修《かんしゆう》を担《にな》っていた。どの鍋もどこに出しても恥ずかしくない自慢の鍋だ。

「そうだそうだ、みんなで一生懸命作ったんだぞー。美味《うま》いから食べてみろって！」

「上鳴くん、僕がただ単に君たちA組の作った鍋を食べるために来たとでも？」

　物間の言葉に飯田がバッと手をあげて応えた。

「安心してくれ！　もちろん、インターン意見交換会はきっちりやるぞ！」

「それはあとでおいおい……。僕が言いたいのはそういうことじゃなく、B組だって美味《おい》しい鍋を作れるということさ……君たち以上のね!!」

　A組の面々が再びきょとんとしたそのとき、玄関から何かを持ってきた残りのB組男子たち全員がやってきた。

「物間ぁ、持ってきたぞー！」

「一人で先に行くんじゃねーよっ」

そう言う鉄哲徹鐵《てつてつてつてつ》と円場硬成《つぶらばこうせい》が慎重《しんちょう》に持っているのは鍋だった。骨抜柔造《ほねぬきじゅうぞう》と泡瀬洋雪《あわせようせつ》も同じように鍋を持ちながら入ってくる。

「お邪魔《じゃま》します。あ、皿と箸、俺たちの分は持ってきてるから」

「おや、お気遣《きづか》いありがとう！」

骨抜の言葉に飯田が頭を下げ、鍋に気づいた。

「鍋も持ってきてくれたのかい？　B組のみんなの分も用意してあったのに」

「A組……この鍋は僕たちB組からの挑戦状さ。どちらが美味しい鍋を作ったのか、勝負しようじゃないか!!」

バーンとA組の鍋を指差す物間。突然の宣戦布告に「はぁ？」と唖然《あぜん》とするA組の面々に拳藤が申し訳なさそうに言《い》い添《そ》えた。

「ごめんね？　こいつ、言いだしたら聞かなくてさ……」

疲れたような苦笑を浮かべる拳藤に、物間の暴走を止める苦労が垣間見《かいまみ》える。そのあいだに鉄哲たちが持ってきた鍋をテーブルに置いた。

「いい匂《にお》い……！」

その匂いにいち早く反応した食いしんぼうなお茶子に、物間がぐいっと近づく。

「だろう⁉　美味しそうだよねぇ⁉」

「ヒッ」

「食べてみたいよねぇぇ⁉　……ぐえっ」

常軌《じょうき》を逸《いっ》しそうな顔で迫《せま》る物間の首筋《くびすじ》に拳藤の手刀《しゅとう》がお見舞いされた。物間の代わりに「ごめん」とお茶子に謝る。一瞬気を失った物間だったが、A組を負かしたいという欲望に突き動かされたように意識を取り戻した。

「……さぁ、この勝負受けるかい？」

「いやいや、勝負とかじゃなくてフツーに鍋食べようぜ」

「おやぁ？　もしかして僕たちB組の鍋が怖《こわ》いのかい？　ええ？　爆豪くん」

「あぁ？　んなもんどっちでもいーわ」

冷静に応える爆豪に、A組の導火線に火をつけ損《そこ》ねた物間が「おや？」と首をかしげる。A組B組対抗戦から爆豪のキャラ変とも思えるような成長に驚いたが、物間もそこから学んでいた。爆豪がさっきから食べているキムチ鍋に目をつける。

「……そうだね、僕らB組の鍋はA組の鍋とは比《くら》べものにならない。例《たと》えばそこのキムチ鍋なんてただキムチを突っこんだような創意工夫もない鍋だもんねぇ⁉」

すると、爆豪がガシャンと箸を置いた。

「てめえ、俺のキムチ鍋にケチつけんのか」

「ケチじゃないよ、ただそう見えるだけさ」

「そんじゃ食ってみろや！」

それに砂藤も口添《くちぞ》えする。

「この鍋は俺の出汁《だし》をベースに爆豪が自分の激辛《げきから》調味料で味を調《ととの》えたんだぞ！　何度も味見して、仕上げたんだ。ただ辛《から》いだけじゃない、うまみとコクと複雑な辛みが豚バラと野菜を引き立ててるんだ！」

「爆豪、おめえ、そんなにこの鍋に思い入れがあったのかよ……。どうりで美味いわけだぜ……！　ようし、みんな鍋対決引き受けようぜ！　俺たちの鍋が負けるわけがねえ！」

そんなキムチ鍋裏話に感激した爆豪の隣の切島《きりしま》が立ち上がって、みんなを扇動《せんどう》する。ノリのいい上鳴や瀬呂《せろ》などが「いいぞー！」「やろうぜー！」など囃《はや》し立《た》て、鍋対決が決まった。A組B組、それぞれ自分の組の鍋に投票してしまうのではという疑問も出たが、そこはヒーローを目指《めざ》すプライドにかけて、正直に美味しかったほうを選ぶことにした。

まず、B組がA組の鍋をそれぞれ試食する。

「ん！　おいしい～！」

「豆乳鍋、いくらでも食べられる」

「このキムチ鍋、メシにぶっかけてえ！」

「やっぱ寄せ鍋だよねー」

「坦々ゴマ鍋、クセになる」

好感触の様子《ようす》に喜ぶA組。作ったもので喜んでもらえるのはやはり嬉《うれ》しい。

「だろー？」

「ハッ、当たり前だわ」

得意げな砂藤と爆豪。だが、「なかなかやるね……」と言いつつも物間の表情は揺るがない。それどころか自信たっぷりに笑って鍋の蓋《ふた》を手にする。

「それじゃ次はB組の鍋を試食してもらおうか。いくよ……これが鍋その一だ……！」

そして一つの鍋の蓋が開く。湯気が消えたあとの鍋の中身に、A組の面々がハッとする。

「こ、これは……すき焼きやん……!!!」

一つの鍋には、見ただけで高級だとわかる肉がネギや糸コンなどとともに煮られていた。すき焼きを見るお茶子の口元からよだれが今にも落ちそうにあふれる。

「……すき焼きは卑怯《ひきょう》だろー!?」

肉好きな切島が焦《あせ》ったように吠《ほ》える。その焦りの分だけ心が揺らいでいる証拠《しょうこ》だ。甘からい割《わ》り下《した》で煮た牛肉は本能を揺さぶるように食欲を刺激しまくる魅惑《みわく》の食べ物だ。

「鉄鍋で煮るんだから、立派な鍋料理だろ? ほら、卵をつけて食してごらんよ」

するといつのまにか、骨抜や円場、鱗飛竜《りんひりゅう》、庄田二連撃《しょうだにれんげき》などが卵の入った器《うつわ》に手際《てぎわ》よくすき焼きを取り分けていく。

「い……いただきます……」

ゴクンと唾《つば》を飲みこみ、お茶子が卵につけた牛肉を口に入れた。とたん、「ふわぁ～」と腰砕けになった。切島も「う、うめえ～……!」と驚き、一気に平らげる。まるで服が破れそうなほど感動している。

「これは……肉のうまみが甘からいタレで最大限に引き出されている……! 舌でも切れそうな柔《やわ》らかい牛肉が新鮮な生卵《なまたまご》にからまって、よりまろやかに口の中を幸せで満たしてくれる。けれど肉以上にポテンシャルを引き出されているのは野菜だよ。肉のうまみと脂《あぶら》が溶《と》け出したタレでくたりと煮こまれ、野菜の瑞々《みずみず》しい甘味と歓喜のハーモニーを奏《かな》でている! 卵が上手《じょうず》に味を調和してくれているんだ。そう……まるで卵が指揮者で肉が歌手……様々《さまざま》な野菜はオーケストラだ。これは壮大《そうだい》なオペラ――」

「鼻につく食レポしてんじゃねえ!」

「あたっ」

ブツブツとすき焼きの美味しさを分析する出久に、イラついた爆豪が空《から》のペットボトルを投げる。ペットボトルは瀬呂、戻ってきた上鳴、常闇の頭を越して出久に命中した。出久の隣でワイングラスに注《つ》いだジュースを飲んでいた青山《あおやま》が「ナイスコントロール☆」とグラスを掲《かか》げる。

「ふふ、すき焼きにだいぶ傾いたようだね……」

物間がすき焼きに夢中になっているA組を見て満足そうにほくそ笑《え》む。

「くっ、でもA組の鍋だって負けたもんじゃねえ……!」

そう言い返す切島に、物間が「それじゃ次の鍋はどうかな……」とB組の鍋その二の蓋を開ける。鍋の中身は白身魚と野菜のようだった。

「なんだよ、海鮮鍋か?　でもそれにしちゃ白身魚しか入ってないじゃん」

そう指摘する上鳴に、物間は勝《か》ち誇《ほこ》ったように言う。

「とりあえず食べてみたら?」

「……なにこれ、うまぁあい……!!!」

取り分けられた白身魚をポン酢《ず》しょうゆ、小口ネギ、もみじおろしにつけ、一口食べた上鳴が思わず涙目《なみだめ》で声をあげた。感動具合は、服が一瞬にして破れ一気に全裸《ぜんら》になってしまうぐらいだ。

「ケロ～……!」

「口福《こうふく》……！」

「ウマーイ！」

白身魚を食べた梅雨、常闇、黒影《ダークシャドウ》も一気に腰砕けになる。「なにこの魚⁉」などみんながその美味しさに驚愕《きょうがく》していたが、じっくりと吟味《ぎんみ》して味わっていた八百万が口を開いた。

「……これは、クエですわ」

「くえ？」ときょとんとする面々に八百万が続ける。

「スズキ目《もく》ハタ科の海水魚ですわ。九州地方ではアラと呼ばれたりもしているようです。クエを食べたらほかの魚は食べられないなどと称されるほど、美味で有名ですわね。クエ鍋は、鍋の王様とも呼ばれています」

「クエは超のつく高級魚さ。ウチの宍田《ししだ》の実家から送られてきたものなんだ」

「そ、そんな高価なものを……」

物間の説明に恐れおののくお茶子に、見かけは猛獣だが、実は良家のお坊《ぼっ》ちゃまである宍田獣郎太《じゅうろうた》が言う。

「いや、お気遣いなく。実家でお歳暮《せいぼ》にいただいたものですので」

「おせいぼ……ちょうこうきゅうぎょ……」とフリーズしかけるお茶子を、隣の梅雨が「しっかり、お茶子ちゃん」と飲み物を渡した。その近くで物間が立ち上がり、全員を見回す。

「全員すべての鍋を試食したね？　それじゃあ……投票だ！　自分が一番美味しいと思った鍋の前に移動してくれ！」

物間の言葉にみんなが悩みだす。上鳴がみんなの総意を叫んだ。

「どれも美味かった！　お父さんとお母さんとお姉ちゃんとお兄ちゃんと弟と妹とおじいちゃんとおばあちゃん、誰が一番好き、なんて訊《き》かれても選べねえ……！」

「いや、対決なんだから選びなよ。さぁさぁさぁ!!!」

再び物間に促《うなが》され、ヒーローを目指すプライドにかけて自分が一番美味しいと思った鍋の前にみんなが移動していく。結果はすき焼きとクエ鍋に票が集中した。

「おいみんな……！　つーか爆豪、お前もクエ鍋かよ!?」

さんざん迷い、キムチ鍋の前にいた切島がガーンとショックを受ける。爆豪はスッと真《ま》っ赤《か》にそまった取り皿を見せる。一味《いちみ》を足《た》しまくったもみじおろしだった。

「……うめえんだよ」

どうやら激辛もみじおろしクエが気に入ったらしい。砂藤もクエ鍋の前にいた。

「やっぱ鍋の王様って言われるだけはあるぜ……。勉強になった」

まるで一料理人のように神妙な面持《おもも》ちで頷《うなず》く。それに出久やほかの面々も同意した。やはり初めての美味しさと超高級魚には抗《あらが》えなかったようだ。

「フフフ……どうやら勝負は決まったようだね。僕たちＢ組が大差で勝利だ!!!」

ＨＡＨＡＨＡＨＡＨＡ!!　と高笑いする物間にＢ組の面々が気の毒そうな、申し訳なさそうな顔になる。それにいっさい気づかず、物間は鬼気《きき》迫る顔で続けた。

「さぁ、勝負に負けたからには罰《ばつ》ゲームと相場が決まっているよねぇ!?」

「えー!?」と突然のことに驚くＡ組。

「そんなの聞いてねえぞ!」と抗議する爆豪にも物間は怯《ひる》まない。

「対決して、あぁ楽しかった、だけですむはずないだろ？　負けたほうには何らかのペナルティがあって当然じゃないか。それともＡ組はみんなそんな平和主義者だったのかな？」

「いや、しかしこういうのは対決するまえに事前に告知しておくものでは!?」

「……Ａ組の委員長、僕たちはヒーローを目指しているんだよ？　もし敵《ヴィラン》と対決したとして、そんな正論が通じると思うのかい？」

「……つまり、Ｂ組のみんなはそういう理不尽《りふじん》な敵《ヴィラン》に扮《ふん》してシュミレーションをしてくれているというわけか!?　なんという自己犠牲《ぎせい》精神……!」

物間に丸めこまれ感動に震える飯田に、物間以外のＢ組の「そんなつもりはなかった」

という否定も、自分以外のA組の「ちょっと待って」という止める声も間に合わなかった。

「ようし！　ここは潔《いさぎよ》く罰ゲームを受けようじゃないか！」

「勝手に受けてろや！」という爆豪の声も虚《むな》しく、A組は罰ゲームを受けることが決定してしまった。

物間が言い渡した肝心《かんじん》の罰ゲームは、闇鍋《やみなべ》である。それを聞いたノリのいい上鳴や芦戸、葉隠透《はがくれとおる》などがおもしろそうだとノリ気になる。

「闇鍋ってなんだ？」

首をかしげる轟に訊かれ、出久が答える。

「僕もやったことはないんだけど、昔の漫画とかで出てきたりしたよ。暗闇《くらやみ》の中で鍋を食べるんだ。暗くて何も見えないから、何を食べたかわからないし、何が入っているかもわからないでしょ？　あんまり鍋に合わない食材とか入れられたりするんだよね……」

一緒《いっしょ》に聞いていた飯田が「なるほど！」と頷く。

「ヤミ鍋、最初に聞いたトキハ、ヤミー鍋、つまりオイシイ鍋なのかと思いマァシタ！　とてもおもしろそうデース！」

ポニーが興味のあった日本文化に興奮する。それまで物間の暴走に申し訳なさそうにしていたB組の面々も、おもしろそうだと興味を示しはじめた。漫画などで見たことはあっても、実際やることは少ない。

そんなわけでさっそく闇鍋の準備が整《ととの》った。「やっとれるか」と部屋に戻ろうとした爆豪も、物間に煽《あお》られて結局参加することに。ガスコンロの火の灯《あか》りのなか、A組が目を閉じている間に、B組がそれぞれ持ってきたものを投入した。

「ん？　なんか甘い匂いするー！」

「今、入れたの食べ物だろうな⁉　なんかガチャンって音したけど」

「……え、なんか今度は発酵臭《はっこうしゅう》しない⁉」

鍋に新しい具材が投入されるたび、匂いが交《ま》じり合《あ》い複雑なものに変化していく。疑心《ぎしん》暗鬼《あんき》に陥《おちい》るA組を拳藤が落ち着かせようと口を開いた。

「大丈夫！　ちゃんと全部食べ物だから！」

「さて、それはどうかな……？」

「物間っ」

物間がさらに疑心暗鬼を募《つの》らせようとするのを拳藤が抑《おさ》え、常闇と黒色支配《くろいろしはい》が闇のなかで「闇の饗宴《きょうえん》……」「暗黒の宴《うたげ》……」など悦《えつ》に入《い》った頃、食材がコトコトとイイ感じに煮こまれた。

「さぁ食してもらおうか！」

「ちょっとタンマ！　ジュース飲みすぎてトイレ限界！」

暗闇のなかで意気揚々《ようよう》と叫ぶ物間に、実は我慢してプルプル震えていた上鳴が声をあげる。すると、それに同じくトイレに行きたかった尾白《おじろ》、芦戸、青山も続いた。

「あ、俺も！」

「アタシも行ってくるー！」

「僕も☆　あ、僕はキラキラしたものしか出さないよ☆？」

「なんだよ、逃げる気かー？」

からかう瀬呂に上鳴が反論する。

「戻ってきたらちゃんと食うよ！　でも全部食べててもいいけど」

生理現象ならしかたがないと許された四人が暗闇のなかを一番近い脱衣所兼《けん》洗面所にあるトイレにそろりそろりと移動する。

「さ、それじゃA組の諸君、闇鍋を食してもらおうか！」

物間の声にしかたなく一人一人順番に箸でつまんだものを恐る恐る口に入れていく。一番手に名乗りをあげたのは漢気《おとこぎ》あふれる切島だった。

「うっ？　んだこれ……くたっとして青くさい……でもうめえ……？」

「それはもしかして俺の入れたほうれん草じゃねーか⁉　元気でるぜ‼」

「体にいいヤツじゃねーか！　ありがとな、鉄哲！」

闇の中で切島と鉄哲がほうれん草で友情を確認する。そして次は委員長として飯田が進み出る。やや緊張しながら「では……」とつまんだものを口に入れ咀嚼《そしやく》した。

「これは……ドロドロしてふやんとしている……まるでお麩《ふ》のようだが……」

「それは主《しゅ》の肉かもしれません……」

「肉!?」

塩崎の言葉に驚く飯田に八百万が言い添えた。

「キリスト教でパンはキリストの肉の代わりなのですわ」

「じゃあ次は私……！」とお茶子が食べる。ポリンッと小気味いい音がした。ポリンポリンと噛み続けてハッとする。

「……きゅうりや！」

「あ、それ私のヤツ」と柳が言う。お茶子はよくよく味わってから言った。

「まぁまぁイケる！」

「それじゃ私も」と梅雨が食べる。固いコロンとした触感を舌で味わう。

「これ、もしかして飴《あめ》？」

「当たりー！　浅田《あさだ》飴《あめ》だよ！」

小森が「のこのこ」と悪びれず笑う。梅雨はコロコロと飴を口のなかで転がしながら「スープがなくなれば普通に美味しいわ」と言う。そんな梅雨の様子に、合同戦闘訓練で舌で全身を拘束《こうそく》された円場が密《ひそ》かにあのときのことを思い出し、まるで自分が飴になったような気分になっていた。次に瀬呂がなにやらくたっとしたものを食べる。

「……おえっ、これりんごか⁉」

「ハーイ！　ワァタシが入れまぁシタ！　リンゴ、大好きデス！　アニメでは、ヤミ鍋にはフルーツ入れマスネ！」

それを聞いたりんご好きの常闇が暗闇のなかハッとする。エリの好物もりんごなのを思い出した。

（りんご好きが三人……いつかりんごについて語り合いたい……）

次に轟が何か固そうなものを口に入れる。噛もうとしてガチンッと歯が当たった。

「なにかスゴイ音がしたぞ、轟くん⁉」

「歯、折れてない⁉」

心配する飯田と出久に轟は「固《かて》ぇ……」と噛み切れなかったものをコンッと皿に出す。その物体を指で触《さわ》り首をかしげた。

「貝みてぇだ」

「それはきっと僕のエスカルゴだね！」

「物間、食べられないものは入れるなってあれほど！」

得意げに言う物間に拳藤が注意する。手刀をお見舞いしたいが、暗闇なのでそれもできない。

「食べられるよ、中身はね」と言う物間の近くから鉄哲がワクワクした声で誰にともなく訊いてきた。

「なぁどんな味なんだ？」

「それはもう……ごっちゃごちゃな味だよ……」

げんなりと返す瀬呂にますます興味をそそられた鉄哲が「俺も食ってみていいか？」と言う。轟が自分の前に置いていたお玉を鉄哲の声のするほうに「ほら」と向ける。峰田などに漢《おとこ》ならいっぱい食えと囃し立てられ、鉄哲は受け取ったお玉でごっそりと闇鍋の具を掬《すく》った。

「おお！　すげー匂いだな！　食欲失《う》せるぜ!!」

失せるといいながら、鉄哲はがっつり食べる。何種類かの食材をいっぺんに食し、「おええ」とえずいた。「アホか」と爆豪があきれる。

「よくわかんねーけど、すげーマズイ!!　ほら、物間も食ってみろよ、マズイから！」

「何のための罰ゲームかわからなくなるだろ、バカ」

しかし、あまりに不味《まず》いとそれをみんなで共有したくなるらしく、鉄哲はB組の面々に「ちょっと食ってみろって、な⁉　すげーマズイから！」と勧める。そしてあんまり断《ことわ》るのも悪いかと骨抜と凡戸固次郎《ぼんどこじろう》と吹出漫我《ふきだしまんが》がスープを一口飲む。三人とも即座に「おえっ」とえずいた。吹出が「ゲロゲロな味だね」と続ける。

「ワァタシもいいデスカ？」と興味津々《しんしん》のポニーも味見をし、「I don't have a taste for it.」と思わず英語で感想を述べた。ちなみに自分の好みではないという意味だ。

「ほら、拳藤！」

「じゃあちょっとだけ……」

ほんの少しの出来心で拳藤もスープを飲む。そしてえずく。

「苦《にが》くて甘くて臭《くさ》くて酸《す》っぱくて辛くて……とにかくマズイ！」

「苦いのは一佳の入れたコーヒーじゃない？　それに臭いのは私の入れた納豆《なっとう》かな？」

しれっと言う取蔭に泡瀬の声が飛ぶ。

「あと鱗が入れた臭豆腐《しゅうどうふ》！」

「甘いのは庄田が入れたはちみつじゃねえ？　俺もアイス入れたけど」

そう言う回原旋《かいばらせん》に続いて、ほかにもチョコレートを入れた、ケーキを入れた、ハンバーガー、ポテトチップス、いちごミルク、バナナ、パイナップルなどなどおおよそ鍋には合わなそうな悪ノリの食材があげられた。それを聞いてこれから食べなくてはいけない出久たちが戦々恐々とする。だが、食材はすでに鉄哲が全部搔《か》っ攫《さら》っていったらしく残っていなかった。なのでこの上なく煮詰《につ》まった不味い汁を飲み、残りの出久、爆豪、常闇、耳郎、口田、葉隠が全員「おええっ」とえずく。罰ゲームとしては大成功だ。

「ふー、スッキリした!」

そこに芦戸、上鳴たちが戻ってくる。さっそくスープだけでも飲めと勧められるが、何度やってもすくえない。電気をつけてみると闇鍋はすでに空《から》っぽになっていた。

「なんだよー、ちょっと食いたかったのにー」

まんざらでもなさそうにそう言う上鳴に、物間がチラリと視線を向ける。

「キミ、意外と策士《さくし》?」

いじわるそうに嘲笑《ちょうしょう》する視線に、わざとトイレに抜けたのかと思われているとわかった上鳴がちょっとムッとして反論する。

「ほんとだって! だって滅多《めった》に食べられるもんじゃないし」

「なーに? 物間、疑ってんのー?」

それに気づいた芦戸もムゥと唇《くちびる》を尖《とが》らせる近くで尾白と青山も戸惑《とまど》っている。けれど物間はそんな上鳴たちにも動じることはない。

「ただ、A組に罰ゲームを逃《のが》れた人がいるのは事実だよねぇ？　あーまったくこれだからA組は」

悪くなる空気に、拳藤がまた手刀をお見舞いしなくてはと席を立つまえに、鉄哲が物間の肩をガシィッとつかむ。

「スマン!!　コイツ、悪いヤツじゃねえんだけど、ただ嫌味《いやみ》が自然に出てきちまうんだよー！」

「嫌味じゃないよ、鉄哲。僕が言いたいのは……このままじゃA組が悔《くや》しいんじゃないかっていうことさ。僕たちだって罰ゲームを逃れた人たちがいるんじゃ納得《なっとく》できないだろう？」

「だから、それは」

「そう！　キミたちだって納得できないよねぇ⁉　罰ゲームしたかったよねぇぇ⁉　というわけで、もう一度対決しようじゃないか!!」

尾白の声を遮《さえぎ》った物間の声に、A組ならずB組までもきょとんとなる。とにかく物間はA組に勝って吠《ほ》え面《づら》をかかせてやりたいのだ。だが、鍋を食べたあとでまったりしたい時間に、「また対決？」「もういいよ～」などと女子たちがげんなりする。だが、対決で負けっぱなしは性《しょう》に合わない爆豪が一歩進み出た。

「いいぜ、今度こそ完膚《かんぷ》なきまでに勝ってやるよ」

「おお、そうこなくちゃ！　それじゃあ対決の内容は……」

「おっと、それはこっちが決めさせてもらう」

「おいおい、勝手に対決などダメだぞ！　だいたい、インターンの意見交換会はどう――」


「サウナ対決だってー。熱いのガマンするの、何が楽しいんだろー？」

「おじさんとか、なんでサウナ好きなんだろうね？」

不思議そうに言う葉隠に小森も首をかしげる。その近くで「ん」と小大も同意した。

飯田が止めるも、爆豪の提案したサウナ対決に切島や鉄哲など熱い漢《おとこ》たちが大いに盛り上がり、男子だけのサウナ対決がA組男子風呂で行われていた。当然女子は参加せず、女子だけで食後のお茶会を始めていた。お茶会といってもかしこまったものではなく、八百万の淹《い》れてくれたお茶とみんなが持ち寄ったお菓子を食べながら、他愛《たわい》のない話をするだけだ。

「私、けっこう好きだよ。温泉行ったときのサウナとか。長い間は入っていられないけど、そのあとに飲むアイスコーヒーがまた格別なんだよねー」

お菓子を口に放りこみながら、思い出したように言う拳藤に取蔭から「一佳、オヤジー」とからかうような声が飛ぶ。拳藤が笑いながら「うるさい」と返す。

「あ、でも私もけっこう好き！　水風呂でキュウーって体が締《し》まる感じしない？」

クッションを抱《かか》えながらそう言った芦戸に「えー？　ウチ、それが苦手《にがて》」と耳郎が首を振り、お茶のお代わりを用意してきた八百万に話を振る。

「ヤオモモは？　サウナ好き？」

「家にいたときはわりと入っていました。代謝《たいしゃ》がよくなるように」

「家にサウナ⁉」

「ええ、お父様が好きで、フィンランドから特注のものを取りよせたそうです」

なんでもないことのように言う八百万に、まだ八百万の富豪《ふごう》ぶりをよく知らないB組女子たちが感心の声をあげる。その反応に「私、何かおかしなことを……？」と戸惑う八百万を、実家に行ったことのある耳郎と芦戸と葉隠が「大丈夫」とフォローした。

「ももちゃんちのサウナは大きいの？」

「大きいかどうかはわかりませんが、五〇人くらいは入れますわね」

再び感心するB組女子に「銭湯《せんとう》のサウナより大きいやないかい」とお茶子もまざる。そんなみんなの様子に、サウナに関心があるのだろうと思った八百万が遠慮がちに言った。

「もしよろしければ、いつかみなさんうちに入りにいらしてください」

「え、いいの？」

「わー！　行く行く」

「さっきサウナ苦手って言ったのにー」

「みんなと入るのは楽しそうじゃない！」

「ぜひ！　父も母も喜びますわ」

「サウナー！」と大喜びするみんなの横で嬉しそうに言う八百万だったが、チラリとものいいたげに耳郎を見る。

「あの、耳郎さんは……」

何が言いたいのかわかったような気がした耳郎は、少し照れくさそうに言葉にした。

「……サウナには入らないけど、ヤオモモんちにはまた遊びに行きたいな」

「……はい！」

ピュアセレブのキラキラ笑顔に耳郎は、ちょっとくらいならサウナに入ってもいいかなと思ったとき、つけていたテレビにニュース速報が流れた。

『ここでニュース速報が入りました。警察署から強盗犯の敵《ヴィラン》が逃走し、現在もまだ捕《つか》まっていないとのことです。なお、その敵《ヴィラン》の〝個性〟は降雪《こうせつ》という情報が入っております』

「あれ、けっこう近くだね。大丈夫かな？」

逃走したのが雄英《ゆうえい》の隣の市の警察署だとわかり、心配そうなお茶子に梅雨が声をかける。

「もうヒーローが出動してるんじゃないかしら、大丈夫よ」

その言葉に「それもそうだね」とお茶子がホッとして笑う。芦戸がちょっとワクワクしてみんなを見回した。

「ねえねえ、降雪《こうせつ》の〝個性〟ってことは、もしかしたら雪が降ったりして！」

「そういえば、今年はまだ降ってないね？　ちょっと見たいノコ」

芦戸の言葉に小森もワクワク顔で続けると、拳藤が笑って軽く諌《いさ》める。

「もー、敵《ヴィラン》が逃走してるんだからね？」

「ごめーん！」

「ちょっと言ってみただキノコー」

そのとき、男子風呂から誰かの「あっちぃー！」などの声がかすかに聞こえてきた。顔を見合わせ、女子たちはあきれたようなほっこりしたような笑《え》みをもらす。

「殿方《とのがた》は、本当に対決するのがお好きですわね」

「ムダな争いは、災《わざわ》いの元……」

八百万が頰《ほお》に手を当て首をかしげる近くで、塩崎が嘆《なげ》く。それを聞いていた葉隠が、ピンと閃《ひらめ》いた。

「ねえねえ、私たちも対決しない⁉ 平和な対決！」

「平和？ それは神の御心《みこころ》に添う対決ですか？」

「もちろん！ あのね、山手線《やまてせん》ゲームでそれぞれの担任のいいとこを言っていく対決とかどう？」

「ええ？」とみんな驚くが、その顔はまんざらでもない。

拳藤が「やる……？」と訊くと、「やるー！」と即座にみんな賛成した。

「ウチのブラキン先生のいいところ、ありすぎて負ける気がしないんだけど」

「うちの相澤先生だってい〜っぱいあるからね？」

取蔭の挑発に、ノリノリな芦戸が受けて立つ。平和だが、絶対に負けられない戦いが始まった。

その頃、男子風呂ではタオルを腰に巻いた男子たちがモアモアする灼熱《しゃくねつ》のサウナのなかにいた。轟の炎熱《えんねつ》を利用した簡単サウナだ。轟を中心に据《す》え、それぞれ風呂椅子《いす》や風呂のヘりに腰かけたりして暑さに耐《た》えている。脱落した者が多かったクラスの負けというわかりやすいルールだ。風呂場はすでに高温に達してしばらくたっている。

白い肌《はだ》を赤くして汗をダラダラかいている物間が向かいの爆豪に声をかけた。

「……それにしても、爆豪くん。キミのみみっちさには感心するよ」

「あぁ?」

「だってそうだろ? キミは汗をかけばかくほど強い〝個性〟……つまり、暑さには体質的に強いはず。自分の得意分野で勝ち目のある勝負ってわけだ」

「ハッ、負ける言《い》い訳《わけ》なら聞いてやるぜ」

デンとかまえる爆豪はまだまだ余裕の表情だ。しかし物間も口だけは負けていない。

「そうやって余裕でいられるのも今のうちだよ……。うちには最終兵器、鉄哲がいるからね……!」

鉄哲の〝個性〟スティールは轟の炎熱の高温にも耐えられるのだ。物間に推《お》され、まだ〝個性〟を使うほどもないと生身《なまみ》の体で胸を張る。

「ハッ、まだまだぬるいぜ！」

「やるな、鉄哲！　俺もまだまだいけるぜ！」

熱に強い〝個性〟の切島も余裕を見せる。その近くで蒸《む》し殺されそうな青山が「もう限界……☆」と水のはられた風呂へ飛びこんだ。続けざま峰田も「なんで男の裸《はだか》に囲まれなきゃなんねーんだよっ」と戦線離脱する。

「なにやっとんだ、キラ男《お》！　玉《たま》！」

吠える爆豪にかまわず、水風呂から気持ちよさそうに峰田が上鳴に手招きする。

「上鳴ィ、お前も早く来いよ。熱いの苦手だろー？」

「まだまだぁ……！」

汗をダラダラかきながらそう言う上鳴の視線の先には物間がいた。さっき闇鍋のときに疑われたので、物間より早く離脱するのが少し悔しいのだ。物間もそんな視線に気づき、挑発するように笑みを浮かべる。だが、その笑みはすぐに消えた。

「ごめん、もうムリ……いろいろ出ちゃうよ～」

「僕も限界……」

凡戸と二連撃が続けざま離脱し水風呂へ入ったからだ。

「大丈夫かい、凡戸！　二連撃！」

心配して言葉をかける物間。身内《みうち》には優しいのだ。飯田がサッと風呂場の隅《すみ》からクーラーボックスを運んできた。中には氷で冷《ひ》やされたペットボトルが入っている。

「青山くん、峰田くん、凡戸くん、庄田くん、そこにスポーツドリンクを用意しておいたぞ。水分補給をしてくれ！」

サウナ対決に反対していた飯田だったが、いざやるとなったらみんなの安全を第一に考え準備していたのだ。「さすが飯田！」などと峰田たちからお礼を言われ少し嬉しそうに胸を張る。

「委員長として、当然のことをしたまでさ！」

「飯田くん。とてもありがたいよ」

「庄田くん、ムリしないでゆっくり休むといい」

暑苦しいサウナの中で、そこだけ和《なご》やかで爽《さわ》やかな空気が流れる。A組の真面目《まじめ》委員長・飯田と、B組の実直生真面目《じつちよくきまじめ》な二連撃は、その性格から気が合い、仲良しなのだ。

だが、そのキンキンに冷えたスポーツドリンクは、悪魔の飲み物だった。カラカラの喉《のど》でゴクゴクとスポーツドリンクを目の前で飲まれ、それほど暑さに強くもない面々が誘惑に駆られる。

「俺、もうムリかも……」

「お、俺も……」

「クソメガネ！　なに気の利《き》いたことしてくれてやがる！」

どんどん脱落者が出そうになり、爆豪が吠えた。

「半分野郎！　もっと温度上げろや！」

「いいのか？」

爆豪に言われ、轟が炎熱を強くする。グンと上がった室温に、辛《かろ》うじて耐えていた面々から「やめろーっ」と悲鳴があがった。上鳴も暑さのあまり呻《うめ》き声《ごえ》をあげる。物間もさらに辛《つら》そうに顔をしかめるが、A組への対抗心でなんとか踏《ふ》ん張《ば》り、吹出に言った。

「吹出！　もっと熱くなるオノマトペを！」

「ええ～？　そうだなぁ～……メラメラ～」

吹出の〝個性〟コミックはオノマトペを具現化できるのだ。立体として出現した燃えているような『メラメラ』の文字から、熱さが発せられる。

「チッ、そうくるなら腕！　タオル回せ!!」

爆豪が残りのA組男子が頭に巻いていたタオルを剝《は》ぎ取《と》り、障子《しょうじ》に渡す。

「これでいいのか？」と障子がたくさんのタオルを複製腕《ふくせいわん》で力強く回すと、熱風が渦巻《うずま》いた。体感温度がグンと上がるとともに、絶望の悲鳴もあがる。

「まだまだぁ！」

「もっとイケるぜぇ！」

と、鉄哲と切島がさらに煽り、限界に達した出久が「もうだめ……」と水風呂に行こうとするのに気づいた爆豪が「クソデク、根性見せろやぁ!!」と風呂桶《おけ》を床にバウンドさせて局部に命中させ阻止《そし》する。

「きゅう……！」

チーンと気絶寸前で倒れこんだ出久に、飯田が駆け寄り抱き起した。

「緑谷《みどりや》くんの陰嚢《いんのう》になにをするんだ、爆豪くん！　いかん、打撲《だぼく》は冷やさねば！」

「これで緑谷の陰嚢を」

轟が炎熱しながら氷結《ひょうけつ》し、氷の塊《かたまり》を滑《すべ》らせ飯田に渡す。飯田は「気を確かに！」と声をかけながら、出久の陰嚢にタオルで巻いた氷を当てた。

「きゅうう……！」

子犬のように鳴く出久。その痛みを知っている男子たちが、熱さに耐えながらその様子を心底《しんそこ》気の毒そうに見守った。

「これでA組はまた一人脱落だねえ……」

「あ？　まだ水風呂に飛びこんでねえからセーフだわ」

物間と爆豪が言い合っているうちにも室温はどんどん上昇し、極端に熱さに強い者以外、限界が近づく。

「うえ〜、もうダメだ……上鳴、一緒に脱落しようぜ〜」

辛そうにしながら瀬呂が隣の上鳴にこそっと声をかける。物間への意地だけでがんばっていた上鳴はとっくに限界を超《こ》えていた。だが、今にも脱落しそうな物間も意地を張っているのか、なかなかしぶとくがんばっているのを見ると負けたくない意地がまたむくむくと蘇《よみがえ》ってしまう。しかし、熱さのあまり意識が遠のきそうになると、さすがに何のための意地なのかもよくわからなくなってくる。茹《うだ》るような体のまま、水風呂に入ったら気持ちいいだろうなと心が揺らぐ。

「ん〜……」

だが、そのとき突然、パキパキッという音とともに室温が急激に下がった。上鳴が音のしたほうを見ると、蹲《うずくま》る轟が炎熱をやめて氷結を出していた。和《やわ》らいだ熱さに、今にも脱落寸前だった面々が歓喜する。上鳴もホッとするが、爆豪は目をビキビキと吊《つ》り上《あ》げた。

「なに氷結出しとんだ、半分野郎!!」

「轟くん、キミも限界かな……？」

物間も和らいだ熱さにホッとしつつ、嫌味を忘れない。

「いいぞ、轟！　もっと氷結出してくれー！」

「氷風呂作ってくれー！」

瀬呂や回原が嬉しそうに声をかける。その言葉どおり、轟は氷結を出し続けた。その分だけ温度は低下していき、あっというまに浴室内が氷点下になる。火照《ほて》った体に冷気は気持ちよく、急激な温度変化に馴染《なじ》むのにさほど時間はかからなかった。しかし。

「いや、もういいよ轟⁉」

「轟くん、陰嚢を冷やす分は足《た》りているから大丈夫だ！」

タオル一枚で南極《なんきょく》に放り出されたような寒さに、尾白と飯田が叫ぶ。しかし氷結は止まらない。

「てめー、いいかげんに……！」

そう言って立ち上がろうとした爆豪が、「なんだ、急に……」と蹲《うずくま》ったかと思うや否《いな》やゆっくりと気絶するように倒れこんだ。「爆豪……っ」と切島が駆け寄ろうとして、同じように倒れこむ。

「爆豪⁉　切島⁉」

あわてて駆け寄る上鳴。二人とも気絶するように眠りこんでいた。

「寝てんの⁉　なんで急に……なぁ轟、氷結やめ……って轟もかよ⁉」

氷結を出し続ける轟も同じように眠っていた。

「おい、緑谷！　飯田⁉　口田⁉」

「常闇くん⁉　障子くん、瀬呂くん、砂藤くんもどうしたんだい⁉」

尾白と青山がそれぞれ同じく眠ってしまった面々を気遣う。水風呂に入りながら眠ってしまった峰田、凡戸を二連撃があわてて引き上げた。

「鉄哲⁉　骨抜⁉」

「おい、凡戸っ？　吹出⁉」

物間と回原が倒れるように眠ってしまった四人に焦ったように声をかける。

「なんだよ、これ……」

寒さに凍《こご》えながら、その異様な光景を見て上鳴が唖然として呟《つぶや》いた。

一方その頃、共有スペースでも異変が起きていた。みんなで和気あいあいと担任のそれぞれ良いところを述べていたが、突如《とつじょ》眠りこんだ男子同様、お茶子、梅雨、八百万、耳郎、葉隠、拳藤が突然眠ってしまったかと思うや否や、それぞれの〝個性〟が暴走しはじめたのだ。お茶子は浮き、梅雨はまるで本物のカエルになってしまったように跳《と》びはねゲコゲコ鳴いている。八百万はマトリョーシカを出し続けて、耳郎は眠ったままだ。

「ちょっと、ねえ！　みんなどうしたの⁉」

A組女子のなかで唯一《ゆいいつ》残った芦戸が一生懸命声をかけたり、目を覚まさせようと揺さぶったりしてみるが目覚《めざ》める気配すらない。

「一佳⁉　ねえ一佳ってば！」

「ポニーも起きないよ」

取蔭と柳も寝ている二人に戸惑いながら声をかける。拳藤とポニーも耳郎同様、眠りこんでいた。

「麗日、戻ってきてよ～！　梅雨ちゃん、あんまり高いところに行くと危ないよ⁉」

眠りこんだまま浮いて天井にくっついているお茶子と、眠ったままぴょんぴょんと本物のカエルのように窓を登っていく梅雨に芦戸が懸命に声をかける横で、小大が八百万から創《つく》り出《だ》され続けるマトリョーシカに目を輝かせた。

「ん……！」

実は小大は部屋にも飾るほどのマトリョーシカ好きだった。


一方、男子風呂でも眠りこんだ者のうちの数名の〝個性〟が暴走していた。

「熱い～!!　……寒い……!!　また熱い～～!!」

轟の炎熱と氷結が交互に繰り出され、室温はサウナと南極状態を乱高下《らんこうげ》している。そんななかで、瀬呂のテープが所かまわず発射され、尾白や青山、回原、吹出を床や壁などに張りつかせた。

「うわっ尻尾《しっぽ》に……!」

剝がすときのことを考えて気が重くなる尾白の近くで、「暑いの寒いのどっちなの……☆」とぐったりしている青山。「マジかよ!」と憤慨《ふんがい》してなんとか剝がそうとする回原に、距離を取って避難していた円場が声をかける。

「待ってろー!　今、エアプリズンで囲んでやるから…な!?」

空気を凝固《ぎょうこ》できる〝個性〟の円場がせめてもの暑さと寒さ対策にとエアプリズンを吹き出そうとする。だがその直前、突然床が崩《くず》れるように波打った。眠りこんでいる骨抜の

〝個性〟柔化《じゅうか》で手が触れている床が柔らかくなってしまったのだ。そんな床を眠りこんだ飯田が横になったまま走ろうとしてズブズブと藻搔《もが》く。さらに、凡戸がセメダインを、峰田がもぎもぎをところかまわずまき散らす。異常事態に物間が叫んだ。

「いったい何なんだ⁉」

「とりあえず救《たす》けねーと！」

「──わかってるよ」

上鳴の言葉に、いったん叫んで冷静になった物間が返す。

「……とりあえず、轟くん以外をここから出したほうがいいだろうね」


カオス状態だった男子風呂は、物間の機転で轟以外の全員を回収することに成功した。轟の炎熱と氷結が暴走しているうちは風呂場に閉じこめておくしかない。

円場の空気凝固《くうきぎょうこ》で作った足場と盾《たて》で峰田のもぎもぎと凡戸のセメダインから身を守りつつ、鎌切尖《かまきりとがる》の刃鋭《じんえい》で瀬呂のテープを切り、みんなで協力して脱衣所へと運んでいく。動くものは物間がコピーした瀬呂のテープで拘束《こうそく》した。

共有スペースの女子たちも塩崎のツルでお茶子と梅雨をなんとか回収し、勝手に動いては危険だと毛布などで包む。

そして合流した男子と女子は、とにかく先生に救《たす》けを求めようと外を見て愕然《がくぜん》とした。窓の外は、豪雪地方並みの雪が積もっていたのである。先生たちに連絡してみたが、雪の対処でもしているのか繋《つな》がらなかった。

「なんでいきなり？」

「あっ、もしかしたら……」

唖然とする男子たちに、芦戸が逃走中の敵《ヴイラン》の〝個性〟のせいかもしれないと説明する。あまりにもあっというまに積もったため、女子たちも気づかなかったのだ。

「――先生たちに連絡もつかない。しかもこの雪で閉じこめられたも同然……つまり、ここにいる僕たちでこの異常事態をなんとかしなくてはならないということだ」

物間の言葉に、上鳴が言う。

「なんとかってどうすんだよ⁉　だいたい、こうなった原因もわかんねーってのに……」

「そのことなんだけどね、原因は鍋かもしれない」

真剣な顔の物間に、全員が「鍋⁉」と驚く。物間は頷いて続けた。

「闇鍋を口にしたものだけが異常事態に陥っている」

「そっか、だから俺とか尾白とかは大丈夫だったんだ」

そのときのことを思い返し、上鳴が納得する。だが、宍田が首を捻《ひね》った。

「しかしですな、ただ眠ってる人と〝個性〟暴走してる人では何が違うのですかな？」

「食べた量の違いとか？　鉄哲、カチンカチンだったもんな」

そういう円場に、柳が言う。

「いや、そもそもなんで闇鍋が？　みんな、食べられるヤツ入れたよね？」

「俺、いちごミルク」

「俺はイカ墨《すみ》だ」

「私は森林地区で採《と》ってきた、ニガニガ茸《たけ》ノコ」

円場と黒色と小森が自分が入れたものを答え、残ったB組の面々も次々に答えていく。

そして最後に残った物間が答えた。

「僕はエスカルゴ……とサルミアッキとシュネッケンと……」

「一つじゃないのかよ！　しかもサルミアッキとシュネッケンってマズイので有名な飴とグミじゃん！」

ちなみに、相澤はサルミアッキを美味しくいただいている。抗議する上鳴に物間が言った。

「一人一つなんてルールはないよ。それから……小森の入れ忘れたニガニガ茸を入れた」

「えっ？　私、全部入れたけど……」

しれっという物間に、きょとんとしていた小森がハッとする。

「もしかして、ビニール袋に入れてたヤツ⁉」

「そうだよ。A組に遠慮して入れなかったヤツだろ？」

「あっちは、ニガニガ茸と似てるけど、コセイボン茸っていう毒キノコなのー！」

「え」

「コセイボンは、そのスープを飲むだけでも昏睡《こんすい》状態になっちゃって、食べると〝個性〟が暴走しちゃうノコ！　たまたま生《は》えてたのみつけたから、あとでちゃんと処分しようと思ってたのに～！」

つまり、物間が知らずに入れた毒キノコのせいだとわかり、みんなの視線が「も～の～ま～！」と物間に向けられる。物間は何か言い訳しようとするが、痛い視線を受け止めて素《す》直《なお》に謝った。

「……悪かった」

その珍しく殊勝《しゅしょう》な様子に、全員それ以上責《せ》めることはしない。それよりも今は一刻《いっこく》も早く対処して、眠りに陥った者を救《たす》けなければならないのだ。上鳴が小森に訊く。

「とりあえず、コセイボン中毒を治《なお》すにはどうすりゃいいの？」

「その方法は一つだけノコ……。コセイボンボン茸を食べさせることとノコ！」

バーンと言った小森の言葉に上鳴が首をかしげる。

「コセイボンボン？　コセイボンじゃなくて？」

「そう、コセイボンボン！　コセイボンボンはだいたい、コセイボンの近くに生えてるキノコノコ」

「一緒に採ってきてねえの？」

「コセイボンボンは毒キノコでもないし、美味しくもないノコ」

「それじゃあ、つまり採ってくるしかないってことか……」

みんなが窓の外を見る。外はもう雪に埋《う》まって見えなかった。

「――僕が行くよ」

「物間……」

「もともと、僕のせいだしね。小森、詳《くわ》しい場所教えてくれ」

淡々《たんたん》とした態度の物間に、上鳴は顔をしかめた。どうやったって一人じゃ難しいのはわかりきっている。

「……しょうがねーな、俺もついてってやるよ！」

そう申し出た上鳴を物間がきょとんとして見た。

「キミ、何か役に立つ？」

「ハァ⁉」

よかれと思って言ったのに、あまりの言い草《ぐさ》にカチンときた上鳴が物間にぐっと近づく。

「一人じゃあぶねーだろ⁉　それに役に立つわ、バッテリーとか！」

「ふーん。まぁついて来たいならかまわないけど」

「なんだよ、そのツンデレ。かわいくねーぞ！」

ムカッとして突っかかろうとする上鳴を心配そうな尾白と回原が止める。

「落ち着けよ、上鳴」

「まぁまぁ！　コイツ、こういうヤツだから」

そして短い話し合いの結果、物間、上鳴、尾白、青山、回原、小森でコセイボンボン茸を採りに行くことになった。

あとのメンバーは、眠りについた者が暴走したときに備《そな》える。

キノコの生えている詳しい場所は自分じゃなければわからないだろうとついていくことにした小森に、黒色が「お、俺も行こうか……」と申し出たが、雪は白一色でしょと却下《きゃっか》された。黒色が〝個性〟で溶けこめるのは黒い色のものだけなのだ。

まず雪上を行こうと試みたが、雪はおおよそ三階分ほど降り積もっていた。雪のなかに沈んでしまうのと、あっというまに積もるのを懸念《けねん》し、雪の下の地面を行くことにした。

物間は役に立ちそうな者の〝個性〟をコピーし、みんなで防寒着に着替えていざ出発した。

圧《あっ》された雪でドアを開けるのもままならなかったが、物間がコピーした骨抜の柔化《じゅうか》で雪を柔らかくし、一気に行けるところまで駆け抜ける。物間のコピーはおよそ五分間しか使えないのだ。

「よし、俺の出番だな！」

入れ替わりで回原が腕をドリルのように回転させ、ＧＰＳで位置確認しながら雪のなかにトンネルを作り、進んでいく。

（なんだよ、ほんとに俺、役に立ちそうにないじゃん）

あまりの順調さに上鳴は少し拍子抜《ひょうしぬ》けした気分になった。あれだけ啖呵《たんか》を切った手前、少し恥ずかしい。

「どうかした？」

後ろにいた尾白が上鳴のしょぼんとした背中に気づいて声をかける。「なんでもねー」と振り返って笑い、前を行く物間を見た。コセイボンボン茸獲得《かくとく》作戦を立てたのはほぼ物間だった。ふだんの嫌味な姿からは想像もできないほど、冷静に作戦を詰めていく様子に上鳴はちょっとだけ唖然としていた。

（やるじゃん……）

そう思ってしまったことに気づき、上鳴は顔をしかめる。けれど、すぐに頭を切り替えた。作戦が順調にいけば、それだけ早くみんなを救《たす》けられるのだ。力になれるなら、雑用係だって、なんだっていい。

「なんだよ？」

上鳴がやる気を漲《みなぎ》らせたとき、物間が「回原、ちょっとストップ！」と声をあげた。

「電波が切れた。たぶん、この大雪のせいだ」

「どうするノコ？」

わずかに考えこんだ物間が言う。

「方向は合ってるから、このまま行こう。まっすぐ行けば大きな道に突き当たるはず。そこを左折して少ししたら森林地区だ」

再び出発し進む。だがなかなか大きな道にたどり着かなかった。方向がずれたのかもしれないと、地上へと掘り上がる。運動神経のいい尾白が足場を固めながら、みんなの道をつくり引っ張り上げた。

地上は猛吹雪《もうふぶき》だった。物間が円場の〝個性〟で空気の盾《たて》を作り、雪を避《よ》けながらあたりを見回す。持っていた懐中電灯であたりを照らすが、あまりの吹雪で役に立たない。

「僕の出番だね……っ☆」

そう言って立ち上がった青山がネビルレーザーの眩《まばゆ》い光で周囲をぐるりと照らすと、

「あ、あっち！」と小森が叫んだ。指差す方向に森林地区の木が見えたのだ。回原が叫ぶ。

「こんなにズレてたのか、ワリィ!!」

「非常事態だ、しかたないさ。それより腕は大丈夫か？　凍傷《とうしょう》になってないだろうな？」

「まだ動かせるぜ。でもまぁちっと痛《いて》えな」

ずっと雪に腕を突っこんだ状態でいた回原の腕を見た物間は、みんなを見回し「少し休憩しよう」と言った。

「で、でも」

「この寒さじゃすぐ体が動かなくなる。それより一度体温を上げたほうが効率的だ。キミだってそんなに震えてちゃ足手まといだよ」

そう言われて、上鳴は自分の手の震えに気づく。温度が一定に保《たも》たれている雪のなかとはいえ寒いことに変わりはなく、体は冷え続けていたのだ。しかも地上は荒れ狂う吹雪で体感温度はマイナス二〇度ほどしかない。小森は飛ばされないように尾白の尻尾《しっぽ》にしがみつき、寒さで縮《ちぢ》こまっている。青山に至《いた》っては手でお腹《なか》を守るようにしながら、ガタガタ震えていた。

そう言って物間はコピーした轟の炎熱を出す。コントロールが難しいらしく、指先から出したかったのに思いのほか範囲が広がってしまい、袖《そで》が燃えてしまう。

「あぶねっ」

上鳴が震える手でとっさに雪を押しつけ、消火した。

「き、消えた？　消えた？　消えたなー。ヤケドとか大丈夫か？」

心配する上鳴に、少し驚いたような物間が口の端《はし》をあげて嫌味っぽく笑う。

「……少しは役に立つじゃないか」

「物間、お前な……」

一瞬、ムカッとした上鳴だったが、小バカにしてくるような物間の表情のなかに、どこか照れくさそうなものを感じた。嫌味のように聞こえる本音《ほんね》かもしれないと思うと、溜飲《りゅういん》が下がった。改めて物間が炎熱を手から出し、みんながそれで暖を取る。

「あったかいってイイね……☆」

空気の盾をテントのようにし、みんなで火を囲んでホッとする。青山の心底からの声に、全員が同意した。物間が真剣な顔で見回す。

「さて、あと一息だ。みんなを救《たす》けられるのは僕たちしかいない。B組のついでにA組も救《たす》けるよ、絶対に」

「ついでかよっ」

「おい、カッコつけてるけど、鼻水出てるぞ」

回原に言われ、物間は鼻水をずずっと啜《すす》って立ち上がる。

「さぁ、行こう」

「おう！」

そして猛吹雪のなかを森林地区目指して歩きはじめた。みんなはぐれないように声をかけ合いながら、なんとかたどり着く。そして青山のビームを頼りに、小森が目当ての木をみつけて声をあげる。

「この下ノコ！」

「おっしゃ！　任《まか》せとけ！」

回原が木の根元に向かって腕をドリルのようにして掘り進む。根元近くになったところで、茸を傷つけてはいけないとみんなで手で雪をどかしていく。上鳴の手袋越しの指にふにゅんとした感覚があった。

「これじゃね⁉」

「……当たり！」

小森が慎重に茸の周《まわ》りの雪をどかして、やっとコセイボンボン茸を手に入れることができた。みんなで「やったー!」と思わず歓声をあげ、ハイタッチする。けれど嬉しそうにしていた物間がスッと表情を引《ひ》き締《し》めた。

「早くこれをみんなに食べさせよう」

「そだな! じゃあ早く……」

「その前に、約束してほしいことがある」

「なんだよ?」

「このことは、ブラド先生には言わないでほしい」

「は?」

「このまえの期末テスト、ギリギリ赤点を逃れたところなんだ。ここで問題を起こしたとなれば、また補習になってインターンに行けなくなってしまう……!」

至極《しごく》真剣な顔で何を言うのかと身がまえていた上鳴たちが、ポカンと口を開く。簡単にいえば、怒られたくないから内緒にして、ということだ。

「物間、お前なぁ~」

「それとこれとは別ノコ!」

あきれて怒る回原と小森に物間は開き直ったように言った。

「これ以上、ブラド先生を悲しませたくない!」

「いや！　そもそもお前が赤点ギリギリになんなきゃいい話だろ⁉」

「僕の力が赤点ギリギリだったんだからしょうがないじゃないか！」

上鳴はそういえばと、林間合宿の補習で一緒になったのを思い出す。頭脳戦などバトル中は頭が切れる物間だが、学力テストなどは弱いのだった。

上鳴の目がキラッと輝く。

「わかるぜ！　その気持ち！」

上鳴も学力テストは苦手なので、物間の気持ちに痛いほど共感できた。突然湧《わ》き上《あ》がった親近感のまま言う上鳴に、きょとんとしていた物間だったが共犯者のような笑みを向ける。

「黙っててくれるってことだね？」

「おうよ、みんなに頼んどくぜ！」

「みんなに言っちゃダメなんだよ！」

上鳴と物間のやりとりに、同じB組としてちゃんと言わなければと憤慨していた回原と小森も、啞然として見ていた尾白と青山も吹き出した。インターンに行きたいという物間の気持ちもよくわかったので、しかたないと全員で承諾《しょうだく》する。

気がつくと、いつのまにか吹雪がやんでいた。

みんなで急いで寮へと戻り、待っていた面々に物間の間違って入れた毒キノコのことを先生と眠っていたみんなには黙っていてほしいと説得しながら、採ってきたコセイボンボン茸を細《こま》かく刻《きざ》み、眠りこんだ者たちに食べさせる。

少しすると、みんなが眠りから目覚めた。

「いったい、何だったんだ……」

眠りから覚めた爆豪がダルそうに呟く。

「あー、なんか鍋に当たったみたい？」

上鳴がそう言って、横の物間に共犯者の視線を送る。物間はうすく笑って素知《そし》らぬ顔をした。

「鍋だぁ？」

「なんかヘンなもの入ってたのー？」

葉隠が不思議そうに言う。眠りこんでいた面々が騒動の原因は鍋らしいという曖昧《あいまい》な理由に首をかしげるが、物間の次の一言《ひとこと》に妙に納得した。

「なんせ、闇鍋だからね。何が入ってるかわからないさ」

回原が突っこむ。

「お前が言うな！」

A組もB組も、しばらく鍋をやめることにしたのは言うまでもない。

大騒ぎだった始業式の夜が更《ふ》けていく。明日《あした》からは、授業にくわえて忙《せわ》しないインターンの日々がまた始まる。

待ち遠しくも、不穏《ふおん》な春がゆっくりと近づいてきていた。

MY HERO ACADEMIA
僕《ぼく》のヒーローアカデミア
雄英白書

■初出
僕のヒーローアカデミア 雄英白書 祝 雄英地下迷宮 書き下ろし

[僕のヒーローアカデミア 雄英白書] 祝 雄英地下迷宮

2020年9月9日 第1刷発行
2024年11月18日 第10刷発行

著 者／堀越耕平 ◉ 誉司アンリ

編 集／株式会社 集英社インターナショナル
〒101-8050 東京都千代田区一ツ橋 2-5-10
TEL 03-5211-2632(代)

装 丁／阿部亮爾〔バナナグローブスタジオ〕

編集協力／佐藤裕介〔STICK-OUT〕

編集人／千葉佳余

発行者／瓶子吉久

発行所／株式会社 集英社
〒101-8050 東京都千代田区一ツ橋 2-5-10
TEL 03-3230-6297(編集部)
03-3230-6080(読者係)
03-3230-6393(販売部・書店専用)

印刷所／中央精版印刷株式会社

Printed in Japan ISBN978-4-08-703500-1 C0293

検印廃止

る仁義《じんぎ》なき全面戦争《ぜんめんせんそう》!!
集《つど》え英雄《ヒーロー》
週刊《しゅうかん》少年《しょうねん》ジャンプ誌上《しじょう》で大人気《だいにんき》連載中《れんさいちゅう》!!
コミックス①〜㊶巻《かん》、
大好評《だいこうひょう》発売中《はつばいちゅう》!!!

互《たが》いの“個《こ》性《せい》”が激《げき》突《とつ》す
抗《あらが》え敵《ヴィラン》。
MY HERO ACADEMIA
僕《ぼく》のヒーローアカデミア
堀《ほり》越《こし》耕《こう》平《へい》

オーディエンス諸君《しょくん》！CM《コマーシャル》ライヴへようこそ!!
“ボイスヒーロー”プレゼントマイクがリスナーのためにゴートゥーヘヴン確実《かくじつ》なナイスアイテムをプレゼンするぜ!!
ヴィジランテ
-僕《ぼく》のヒーローアカデミア コマーシャル-
「僕《ぼく》のヒーローアカデミア」スピンオフってなに？
本編《ほんぺん》のワールドやキャラをシェアし「ヒロアカ」に更《さら》なる魅力《みりょく》をプラスした超絶《ちょうぜつ》ホットな作品《さくひん》さ
サイドストーリー満載《まんさい》の小説《しょうせつ》『雄英白書《ゆうえいはくしょ》』は生徒《せいと》&《アンド》教師《きょうし》たちの日常《にちじょう》が拝《おが》め
大好評発売中《だいこうひょうはつばいちゅう》!!
「最強《サイキョー》ジャンプ」連載中《れんさいちゅう》の『チームアップミッション』は超絶《ちょうぜつ》画力《がりょく》でお届《とど》け!!
絶賛発売中《ぜっさんはつばいちゅう》!!
そして！ラストに紹介《しょうかい》するのは
プロヒーローもレギュラー出演中《しゅつえんちゅう》!!
コミックス重版出来中《じゅうはんしゅったいちゅう》！
『ヴィジランテ』
超《ちょう》ド級外伝《きゅうがいでん》のセールスポイントをクール&《アンド》ヘヴィーな「鉄拳掃除人《てっけんそうじにん》」
ナックルダスターに紹介《しょうかい》してもらうぜ！アーユーレディ!?
PLUS《プルス》 Ultra《ウルトラ》!!

頑固一徹《がんこいってつ》
鉄拳《てっけん》オヤジ大絶賛《だいぜっさん》！
VIGILANTE
ヴィジランテ
僕のヒーローアカデミア ILLEGALS
1 俺がいる
脚本：古橋秀之
作画：別天荒人
JUMP COMICS
全《ぜん》⑮巻《かん》、
大好評発売中《だいこうひょうはつばいちゅう》!!!
読《よ》めば読《よ》むほど
スカッとするぞ！
こんな感《かん》じで
OK《オッケー》だろう？
もう少《すこ》し説明《せつめい》
しましょうよ…
コミックス
買《か》ってね♥

大《だい》好《こう》評《ひょう》発《はつ》売《ばい》中《ちゅう》!!

JUMP j BOOKS：http://j-books.shueisha.co.jp/

本書のご意見・ご感想はこちらまで！

http://j-books.shueisha.co.jp/enquete/